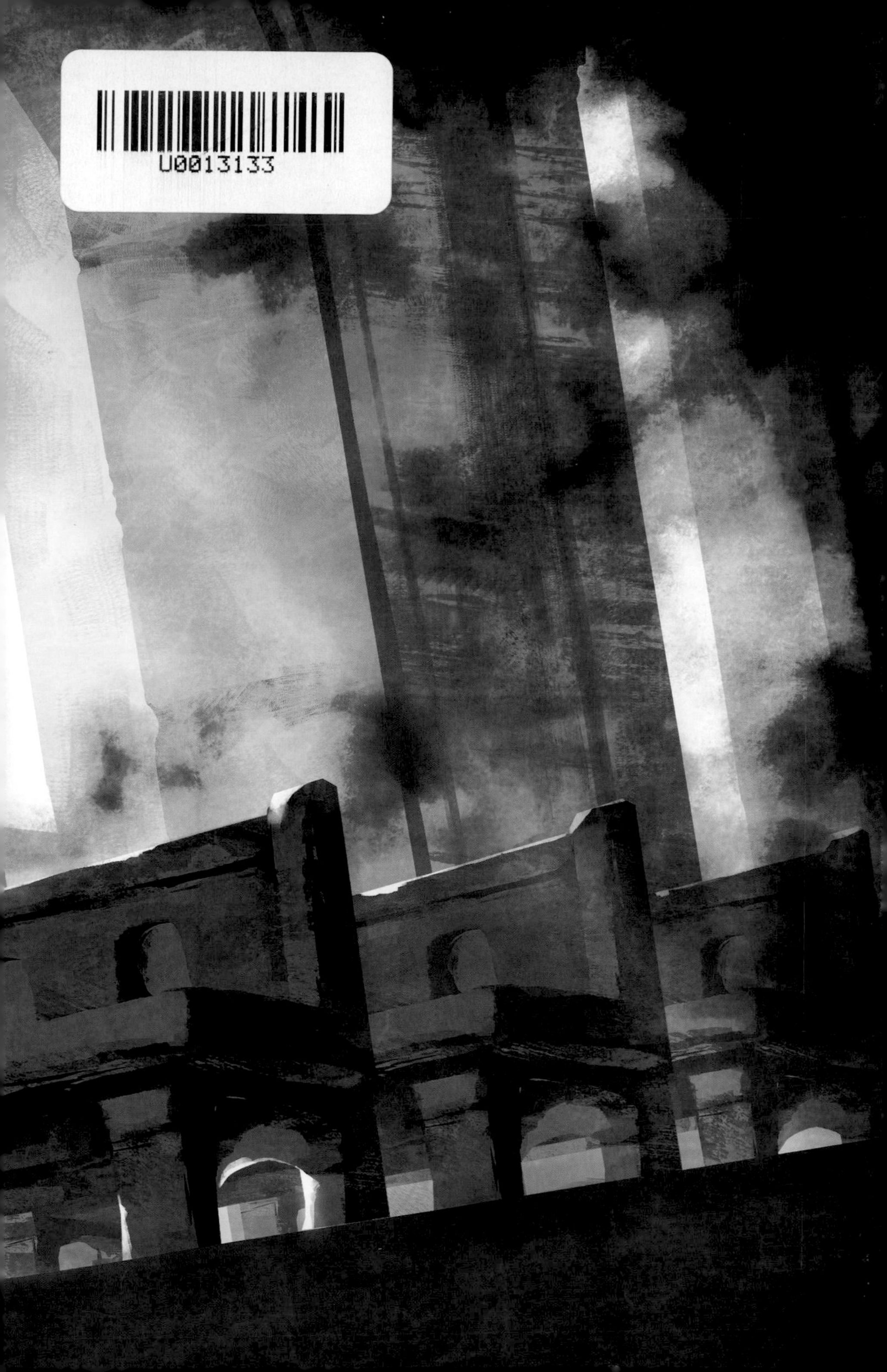

嫁娶
禁忌錄

笭菁作品36

嫁娶

禁忌錄

笭菁
著

目錄

CONTENTS

禁忌錄．嫁娶

本故事純屬虛構・內容概與現實無關

嫁娶禁忌錄

楔子

她才是新娘。

女人坐在梳妝鏡前，化上精緻的妝容，一筆筆描繪著眼線，再撲上情人最喜歡的珊瑚橘腮紅，最後是大紅色的口紅。

瞧，鏡子裡的她多美啊，她笑看著嬌豔欲滴的自己。

穿上婚紗結婚，是每個女人心裡的夢，穿上潔白的婚紗、妝點打扮得迷人，與自己親愛的人宣誓，攜手共度一生，那是承諾彼此一生的日子。

她一直以為他們能夠永遠在一起。

淚水忍不住滑落，她悲傷的低下頭，她真的以為……他們會永遠在一起的。

只有她自己以為。

她不穩的站起身，走到全身鏡那兒才可以看清楚這身婚紗……拎起裙襬在鏡前轉了個圈，即使婆娑淚眼模糊了視線，她還是覺得自己是天底下最美的新娘。

拿出自拍棒架上手機，擺出各種姿勢自拍，不管別的，今夜她就是全世界最美的新娘。

房間都布置妥當，牆上還貼上囍字，儼然今夜真的就是她的新婚之夜，這兒便是她的新房。

「親愛的，我美嗎？」

她開始錄影，鏡頭對著自己，手機還接著充電器，因為接下來她要直播很長一段時間，可不希望突然就沒電了。

直播的分享對象只限本人，她只是希望留個紀念……給他的紀念。

「我不想破壞你的幸福，雖然我以為你的幸福該是我，我們在一起才能稱為幸福……我不是不能理解你的難處，可是拋棄我不該是選項，你從頭到尾都沒有試圖為我勇敢過！」她痛苦的對著鏡頭哭喊，「因為我知道，你是真的愛上另一個人了，哄我的話全是藉口！」

女人逕自在房裡嘶吼，淚如雨下，但防水的妝讓她依然擁有完整的妝容，含悲的淚水只是更增添淒美感。

「我無法想像沒有你的日子，我真的……我真的沒辦法，我這輩子再也找不到第二個你了！」她哭得聲嘶力竭，「這一世不能跟你在一起，我希望下一世能擁有你。」

她哭到全身顫抖，做了好幾個壓制的深呼吸，顫抖不已的換氣，然後隻身坐在床沿好一會兒以平復激動。

接著她終於離開鏡頭前，幾秒鐘後回來的她，手上拿著一大袋藥，沒有再多說半句，而是堅定的，一把一把的把藥往嘴裡塞去。

不知道灌完多少水，她把那數量驚人的藥錠全數嚥下後，她開始燃起地上的炭爐。

最終她幽幽的看向了鏡頭，揚起淒美的笑容。

「我希望下輩子，我們能真正永遠在一起。」

第一章

難得的假日卻起了個大早，連薰予有些懶洋洋的，站在衣櫃前看著一整排衣服發呆。

訊息聲不停的響，她連看都不必看，八成是羅詠捷傳來的，她從昨晚就開始興奮，吱吱喳喳個沒完，她都快搞不懂今天到底誰是新嫁娘了。

今天是公司同事大喜之日，雖然是行銷部的同仁，但是大家平時感情也不錯，即使像她對人際關係的經營相當不放心上，但好歹大家都是公司同事，不露面說不過去，這就是職場的附帶壓力。

她在天馬廣告公司工作，職稱是接待櫃檯；但其實跟打雜的也差不了太多，許多瑣事都是由她處理，在公司裡和她關係最密切的是美編羅詠捷跟企劃蔣逸文，緣分果然難以控制，像她這種一輩子都在努力遠離人群、不想與人深交的個性，還是會遇到像羅詠捷這種完全不懂得看別人臉色的類型。

不管她怎麼閃躲，她都可以不在乎的纏上來，就這樣逐漸變成了朋友。

羅詠捷是那種人人好的類型，同事一宣布結婚，她就自告奮勇要幫忙，超級熱心，一堆雜事都讓她做也不嫌累，明眼人都看得出來別人有時在利用她，可她就覺得無所謂。

蔣逸文看不下去也無能為力，只能咬著牙幫她分擔所有自攬的工作，當然主因是他喜歡羅詠捷啊！至於她呢，她當然沒有這麼古道熱腸，隨手幫幫還行，但要她刻意花時間精力就免談了，例如——一大早的訂婚儀式，羅詠捷也準時到達，真的不知道她到底在HIGH什麼。

「小薰？」上樓的聲響傳來，連薰予幽幽的看向掩起的房門，聽著足音逼近。「小薰！已經八點了耶！今天不是那個誰誰誰結婚嗎？」

門被輕叩兩下，接著門把直接轉開——喀喀兩聲，她上了鎖。

看著那轉不開的門把，她這才上前主動打開房門。「我不太想去。」

門口站著姿態婀娜的女人，一頭長髮，身著正式的套裝，眼睛還望著自己仍握著門把的手略有遲疑，再看向裡頭的妹妹。

「不是要去幫忙嗎？」陸虹竹跟著步入她房間，「不知道穿哪件嗎？」

「我不想幫，那不是我的事啊，是羅詠捷一直煩。」她很無奈，「我不打算參加訂婚儀式，大概就入門後先去她新居晃一下吧。」

陸虹竹站到衣櫃前，隨意撥動了衣服，很快的抽出一件橘色的上衣。「就穿這件啊，簡單大方。」

「衣服才不是重點。」她接過衣服，「我總覺得不該去。但不去好像說不過去？」

「還是晚上去喝喜酒就好？」

「我也想，但羅詠捷應該不會放過我。」她瞥見姊姊身上的套裝，「姊，今天放假耶，妳這身……」

陸虹竹翻了個白眼，「妳知道我寧可去參加某人的婚禮了吧！」哇，假日還要上班，姊最近實在是忙翻了，案子接踵而來，誰讓姊之前捲入挾持事件，高顏值上新聞後瞬間爆紅。

「我早餐弄好了，換好衣服快下來。」陸虹竹步出她房門時，略微停頓了一下。

連薰予望著她的背影，姊姊的確多看了門把一眼。

是，她鎖門了。

在這個家生活這麼久，她從未鎖過房門，以便在她驚恐的夢囈之際，姊姊能隨時到她床榻前，喚醒飽受惡夢侵襲的她。

但是，這樣的方便不該是讓姊姊半夜來到她床前，刪掉他人給她的緊急留言，掛斷緊急電話。

「好。」她揚起微笑，送姊姊出去後，再度順道關上門。

喀，上鎖的聲音明顯，任誰都聽得見。

門外的陸虹竹回首，聽著門上鎖的聲音，沉下眼神盯著門板，但也沒有多說話便轉身下樓；房裡的連薰予聽著腳步聲在下樓前有一秒的遲疑，她當然知道姊姊會在意，因為她們之間原本不該是這樣的。

即使毫無血緣關係，自小就被領養的她，與姊姊如同親生姊妹般親暱，她也不想這樣，可是——是姊姊欺騙她在先。

快速換上衣服，薄施脂粉，她又不是新娘，不需要濃妝豔抹，比平時上班時再多點妝感，準備顏色較喜氣的口紅即可。

手機還是響個不停，拿起來查看，果然是羅詠捷傳來了一大串訊息，她只簡短的回覆：「訂婚我不去，晚點見。」

然後將手機調成震動，光聽著不止休的訊息聲也會使人煩躁。

挑了個簡單的帶鍊方包，打開房門下了樓，餐桌上已經備妥早餐，陸虹竹邊喝咖啡，邊看手機。

「我幫妳做了精力湯，要喝完喔。」陸虹竹瞥了她一眼，又繼續滑手機。

「哇，這麼大杯。」她坐下，還沒湊近杯口，就聞到了熟悉的香灰味。

姊姊是個世紀無敵超級迷信派，休閒興趣是拜拜，愛買法器，出入要艾草灑符水，喝香灰水更是司空見慣。

「今天是去幫忙的，嫁娶很多禁忌要留意啊，我全方位先幫妳安排好。」陸虹竹認真的說著，「雖然說大部分都不關妳的事，但還是小心點。」

「嫁娶的禁忌應該多如牛毛，不過婚紗公司或媒婆應該都會知道吧？」連薰予拿起桌上熱騰騰的肉包，小心的咬了一小口。

「放心，就算他們不知道，一堆長輩七嘴八舌的就足夠把新人折磨死，還附加各種版本。」陸虹竹笑了起來，「妳不要那麼早攪和也好，很煩的！」

連薰予連連點頭，說到底也是因為她跟新娘子不熟。

朝窗外的遠處望去，天氣看起來有點陰沉，這也讓她覺得鬱悶，直覺讓她感到不太對勁，所以她才一直不想出門。

她是那種第六感強大的人，不是一般人口中隨便的直覺，而是再強個十倍以上的準確；例如走在馬路上，她有時會聽見煞車聲、有時會看見血花四濺，有時會看見車子翻覆，那都是直接進入腦海中的影像，俗稱第六感。

接著那個路口就會發生事故，與她感覺到的如出一轍。

有時甚至不需要被什麼事物影響，就是一種單純的直覺，例如站在前往捷運的漫長樓梯上，她會突然不想走下去，那是完全無法解釋的感覺，沒有原因，就是不該下樓。

她並不喜歡這種第六感，因為這樣的感受不只是預知危險而已，還會看到更多不屬於這個世界的東西，凡是屬性危險或是令人困擾的事物，甚至是逝去的亡靈，她都能夠感受到。

這就是她與人相交淡如水的原因，有的人接觸久了會看見他的另一面，有時則是一旦過度熟稔，第六感卻感覺到對方可能即將發生危險時，她會陷入救還不救的掙扎中。生或死，改變他人命運可能造成什麼蝴蝶效應？具危害性的亡者或惡鬼發現她知道它們的存在、會做出什麼阻礙她的事？這些始終折磨著她，讓她夜夜難眠，逃避生活，只想要活在自己的世界，當個普通也沒存在感的人！

只為生活去工作，然後下班就躲回姊姊的堡壘中——這個有一堆法器護身的家裡！

當然有百分之九十是沒用的裝飾品，但有百分之十具有作用就夠了。

「我記得新郎是對面公司的不是嗎？」陸虹竹放下手機，「那蘇皓靖會去嘍？」

連薰予默默吞下帶著符水味的精力湯，帶著點羞赧的點點頭。「應該會……」

「真好！」陸虹竹托著腮，打趣的瞅著她。「妳最近常出去，也是跟他約會？」

「嗯……」連薰予又紅了臉，她自己都不知道怎麼跟姊解釋她與蘇皓靖的關係了。友達以上，戀人未滿嗎？他們一同出去應該……算約會吧？也很親暱，但是就是……沒有人提過彼此正式的身分。

她公司所在的那層樓有兩間公司，除了她上班的廣告公司外，另一間是雜誌社，她的櫃檯位置就在電梯一出來處，所以兩間公司的人都看得見，而蘇皓靖之前便是那間雜誌社的業務——一位長得極好看的花心大少！

外型完全足以當個模特兒或藝人，端正的五官、紳士的風範，以及成熟男人的氣息，再加上那一嘴花言巧語，想要什麼女人根本手到擒來，當櫃檯那幾年，她連他同時有幾個女朋友都搞不清楚，只知道那是個她要遠離的傢伙，也絕對不能把他的讚美當真。

誰知道，他竟是一個第六感比她還強大許多的人，他可以感受到更清楚的影像，預知更多事物，她從未想像世上會有人擁有一樣的能力；更令人驚訝的是，隨著他們「接觸」的程度深淺，能力還會增幅，除了直覺強大到可以升級成清楚的預知能力外，還會有抵抗魍魎鬼魅的力量。

所以，在他們真正當朋友前，就因為一些意外的厲鬼攻擊而……接吻了。

唉，那是為了保命，接觸得越深入，力量越大啊……這種「默契」，她自己都很難為情啊！

「有他在我也放心！好了，我得出門了！」陸虹竹匆匆起身，「不急的話碗盤交給妳洗了。」

「沒問題……姊，妳這樣子得持續多久啊？」連薰予有些憂心，「妳好一陣子沒休息了！」

「手上案子多啊，妳也知道妳姊現在紅。」陸虹竹驕傲的撥了撥長髮，「美女律師有沒有？」

「身體要顧啊！」她忍不住叨唸，「別來者不拒。」

陸虹竹回眸一笑，「妳開玩笑嗎？妳姊是來者不拒的人嗎？」

「那工作還這麼多？該不會都是人情債吧？」她已經忘記姊上一次在家裡休假是什麼時候了，尤其最近還日日加班晚歸。

上次被挾持的過程，讓陸虹竹短暫出現在媒體前，亮麗的外貌瞬間成為鎂光燈焦點，加上個人魅力與自信有力的談吐，即刻成為家喻戶曉的大律師，媒體寵兒。

擄走她的那個犯人，最終是在眾人面前自殺，但對於那疑犯的自殺，連薰予心底有著一堆疑問。

陸虹竹匆匆回房拿過文件與公事包，滑步跑了出來。

「人情債沒辦法，我是律師，幹我們這行的人脈也是很重要的！」經過樓梯下時，她沒忘記再拿柳枝沾符水，往自己身上又灑又點，順便也灑了一堆在連薰予臉上身上。

「去人家場子還是要注意，那些護身符都要記得戴啊。」

被噴了一臉水的連薰予無奈的點點頭，「知道。」

陸虹竹急忙穿鞋，連薰予一路送出門外，她跟姊姊處在一種微妙的平衡關係中，大家表面相安無事，但其實內心早就暗潮洶湧。

「對了，蘇皓靖在問什麼時候有空去……妳推薦的廟拜拜？」

「喔，我最近手上的案子很忙，一有空我立刻帶你們去，還不是時候啊。」陸虹竹邊穿鞋邊抬首說，極度自然。「我現在真的忙不開身，走嘍！」

「加油喔！」連薰予打氣，陸虹竹一陣風似的出了門。

連薰予一關上門，即刻旋身往陸虹竹的房間去！緊閉的門照舊，她伸手轉動喇叭鎖，姊姊與她不同，倒是從以前就有鎖門的習慣……做了深呼吸，她握緊門把，側著臉貼上門板。

她希望可以感應到什麼，她的直覺能告訴她什麼呢？這上鎖的房間裡是否有問題……數分鐘後，她緩緩睜開眼睛，照舊什麼都感應不到。

她感應不到姊姊，也不是今天才發現的事了，連比她強大的蘇皓靖也從未能感受到陸虹竹的任何一丁點事。

回到餐桌，望著姊姊精心做的精力湯，她還是一飲而盡，白天的飲品姊不會下藥，她不需擔心。

上次同學阿瑋捲進不好的事件中，曾在半夜打電話向她求救，她卻沒有任何來電紀錄、也沒有任何訊息，最驚人的是沒有「直覺」，照理說像觸犯天大禁忌的事，第六感會自動讓她感受，再不然也會傳遞進夢中，結果她卻一覺到天亮。

她可以說是極度神經質，一點風吹草動都會驚醒，怎麼可能一覺到天亮——除非，她喝了姊姊晚上給她的安眠藥飲品。

姊姊對她下了藥、掌控她的手機來電與訊息，甚至到最後都沒有承認她做的這些事。

即便是為了她好，下藥這種事也叫她無法承受。

而且，動機是什麼？為什麼姊姊要對她下藥？

收拾好碗盤，她慢條斯理的離家，仰頭看著烏雲密布的天色，雖然感受不到嚴重的危險，但是一出門強大的直覺襲來——今天實在不適合出門。

「唉。」她重重嘆了口氣，人生還是有許多不得已的情況。

明知道不宜出門，卻因為職場壓力非去不可，人生怎麼這麼難啊？

一路走到捷運站，前方的女人正講著手機，步伐緩慢，連薰予加快腳步掠過她身邊，本想先一步進入捷運站，卻在瞬間聽見了尖叫聲，看見了在樓梯上翻滾的女人！

「小姐！」她倏地出手，拉住了女人。

「咦？」女人嚇得停住，還因為不穩差點往前仆倒，她只差一步就是四段的深階梯，女人一臉茫然的看著連薰予。

「小心樓梯。」她輕聲說著。

「啊？喔……喔！」女人狐疑的皺眉，「謝謝！」

女人用莫名其妙的眼神打量著連薰予，這才邁開步伐下樓，總之沒有再盯著手機，至少連薰予救了她這一次，否則摔下去，骨折怕是免不了了。

連薰予自個兒沒下樓，反之揚起了笑容，旋身走出捷運站。

果不其然，那頎長的身影不知何時已經站在外頭，一樣是那副玩世不恭的笑容，今天的他西裝筆挺，那體格完全就是衣架子，穿起西裝也太好看了吧。

「就知道你在，我才會看得這麼清楚。」她愉快地走出來。

蘇皓靖，這個力量至少是她十倍以上的人！

平常她應該只會覺得剛剛那女人有危險，會聽見尖叫聲或是翻滾下樓梯的視線，不可能清楚的看見她的鞋跟、她的包包，還有額角在樓梯上撞出鮮血的畫面。

蘇皓靖打量著她今天的裝扮，露出滿意的笑容。「妳穿橘色很好看。」

她掩不住喜悅，走近他。「怎麼突然來了？我以為你晚上才要出席呢！」

「我是很想，但是有豬隊友。」他略顯無奈的搖著手機，「有車子拋錨了，丁禮軍急著跟我調車。」

「咦？」連薰予一怔，趕緊從皮包裡拿出手機。「說起來從剛剛手機就一直響，我嫌吵關成震……噢，羅詠捷打了好幾通！」

「不必直覺都知道是她推薦我去救火，妳的好同事喔……」蘇皓靖沒好氣的曲起手肘，「走吧，只好先過去了。」

連薰予羞澀的看著他的舉動，輕打了他。「幹嘛這樣。」

「紳士這樣做是應該的，難得我們都穿正裝，架勢要出來。」他說得自然，逕自拉過她的手往自己手肘裡放。

連薰予心底當然超高興，只要看見蘇皓靖，她就已經心花怒放了……不知道他對她是不是也有特別的想法呢？上次他對其他愛慕者說跟她在一起，可他每次說話都不正經，她永遠不知道他說的是認真的或只是撩妹？

「你什麼時候到的？」她突然想到這件事。

「一小時前吧。」他溫柔的將她拉離人行道邊，路旁有些積水。

「咦？那為什麼不打給我？或是先過來我家……」語至此，她卻突然一怔。「因為姊嗎？」

提起陸虹竹，蘇皓靖就會沉下臉色。「沒事不必多見，反正不管見她幾次，我都一樣感應不到。」

「別把我姊當敵人。」她咬著唇，「或許背後有我們不知道的事。」

「什麼事值得對妹妹下藥？」蘇皓靖可不以為然。

「那只是讓我睡得好、不再被第六感侵擾……說不定她只是不希望阿瑋找我，想確保我的安全……」她跟著垂下眼眸，「姊是會做這種事的人。」

從小到大，只要她遇到危險或是不順心的事，姊都會不遺餘力的保護她，隱約知道她有第六感，雖不知道力量強弱，但是姊就會因此遍訪宮廟寺院，為她逐起一個堡壘。

「我對感應不到的事不放心。」蘇皓靖倒也乾脆，「總之妳要小心她給妳的食物。」

連薰予沒好氣的扯著嘴角，「晚上的東西我是不喝了。」

「她說要帶我們去拜拜的事呢？妳提了嗎？」這是蘇皓靖懷疑陸虹竹的起點，雖說迷信成精，到處拜拜到處求法器，但真有幾個相當厲害，循著宮廟名字或是地址去一查，居然什麼都沒有。

「提了，她說她最近很忙，完全沒時間，等過一陣子再說。」連薰予聳了聳肩，「姊也不算騙人，她真的忙爆了，今天都還去上班。」

「人正真好。」蘇皓靖冷冷笑著，倒不是讚美。

連薰予輕推了他一下，他說這種話超沒說服力的。

上了車，連薰予才趕緊接起羅詠捷的奪命連環CALL，她都快急瘋了，因為嫁娶看時間，新娘一定要在固定的時間入門，催促著他們快點過來，去接在路上被扔下的新秘啊！

「這麼剛好是新秘的車……好，知道了！」連薰予趕緊安撫羅詠捷，「妳不要急，我們離她家很近，我……喂？喂？」

默然看著手機，羅詠捷那傢伙沒聽話說完就掛斷了。

「不說我還以為她才是新娘咧！」蘇皓靖調侃著。

「羅詠捷就這個性，急驚風似的。」連薰予對她也沒轍，「前面右轉，說車子在銀行樓下拋……看到了！」

一右轉，就看見兩個人站在路邊，其中一個提著大箱小箱，另一個手持攝影機，看來就是苦主們了。

「您好，我是呂元婷的同事。」車子停下，連薰予即刻對外喊著：「請上來吧！」

「啊，您好！謝謝！」新秘急得揮汗如雨，趕緊上車。

「及時雨啊，羅詠捷說有車子可調用時我們簡直是……」另一個男人上車，忍不住一怔。「……蘇皓靖？」

蘇皓靖回首一笑，「小馬，好久不見。」

「靠腰啦，怎麼是你？你不是離職了……不對啊，羅詠捷說是她們的同事……」小馬看著正前方的椅子，急得把頭往前探，就想看清楚連薰予的模樣。

「您好，連薰予，櫃檯。」她索性回首，自我介紹。

「啊啊！對啊，妳就是電梯前面那個——」小馬再一愣，眼珠兒左瞟右看。「不會吧，為什麼你們會在同一台車……上……」

蘇皓靖不動聲色，猛然一踩油門，讓小馬往前探的身子即刻向後倒去。

「呀啊！」小馬摔到椅背上，狼狽的滑動。「喂！蘇皓靖！」

「請繫妥安全帶。」他搖了搖頭，「少說廢話。」

隔壁的新秘笑了起來，她早就繫妥安全帶，穩穩的坐著了。

小馬沒好氣的邊咕噥邊繫上，看來之前的傳聞是真的，大家都說萬人迷死會了，他的前女友們都不太爽，聽說不但起過紛爭還有人為此大打出手，後來有人還莫名落海還是怎樣的，總之好幾個人迅速離職，搞得大家一頭霧水。

不過，現在看來……真是惦惦吃三碗公，之前沒傳出什麼緋聞的兩個人，居然在一起了啊？

沒幾分鐘車子就抵達新人新居，聽說新娘子已經準時進門，蘇皓靖原本想讓新秘下車後，就跟連薰予偷閒去約會，誰知道蔣逸文居然直接守在停車場那兒。

只好默默跟著上樓。

「有沒有這麼認真？」蘇皓靖沒好氣的望著他，「非得在這裡等我們？」

「詠捷說你們會落跑，要我來盯著。」蔣逸文忍著笑，他們看起來就是要跑的樣子才會讓人不爽啊。

電梯裡的連薰予忍不住笑出聲，「有必要非得我們來嗎？」

「她說妳本來就該來幫忙，但我記得妳沒答應啊。」蔣逸文頓了兩秒，「妳不會答應了吧？」

「你還比羅詠捷瞭解我。」連薰予無奈極了，「她真的是一頭熱。」

「我們這輩屬虎的太多了，所以缺人手，她說難得妳不是。」蔣逸文又聳了聳肩，

「屬虎不能入新房……蘇先生是吧？」

「是！我屬虎！太巧了。」蘇皓靖一本正經，「這樣我方便進去嗎？」

最好你屬虎。

站在他身後的連薰予偷偷戳著他的背，他比她大上三歲，才不可能屬虎咧！

「是喔？那你大我……」蔣逸文還在扳著指頭，默默算著。

電梯抵達十七樓，電梯門還沒開就聽見熱鬧非凡的笑聲，外頭牆上門上都貼著紅色的囍字，大門敞開，人們來來往往，而且隨便都聽得到羅詠捷的聲音。

「唷，看看誰大駕光臨！」裡頭有個男人就對著門口吃驚的大喊，「蘇皓靖！」

「我想走了。」蘇皓靖連出電梯都懶！

「怎麼可能？」一群人慌張的往門邊衝，像是要一睹世界奇觀似的，連新郎都在那邊鬼吼鬼叫！

「那個……蘇先生屬虎耶，不是說不宜進入？」蔣逸文趕緊幫忙說話。

「屬虎？屬虎個頭，他跟我同年好嗎？」新郎官丁禮軍開心的上前，一把摟過蘇皓靖的頸子就往裡拖。「好傢伙，你還能記得我不錯嘛！」

蘇皓靖無奈的直接被拖進去，「你帖子都發了要不記得很難。」

蔣逸文倒有點不解，回頭看著連薰予。「他到底屬什麼啊？」

連薰予只是笑著，拍了拍他，好孩子，真是人家說什麼信什麼啊。

進了新人居所，連薰予覺得好像今天還在上班，絕大部分都是公司同事，不然就是對面公司的人，每一位她都認得！新秘焦急的往新房去，同車的小馬則一副八卦模樣，說蘇皓靖跟連薰予「連袂前來」！

現場「哦」了好大聲，每個人都睜大雙眼不停打量連薰予。

欸！她不習慣成為注目焦點，急著想逃開。「新娘呢？」

「在房裡！」羅詠捷人在廚房，又不知道在跟誰忙什麼的大喊。

朝蘇皓靖瞥了一眼，她要遁逃了，寧可進去跟新娘子聊天，也不想被這麼多人評頭論足啊。

她不必直覺都知道，這群人鐵定拿她跟蘇皓靖之前所有的女友比較！趕緊往新房的方向去，裡頭自然也是吵翻天，只是還沒走近，連薰予就看見新娘子居然走出房間，往主臥左斜前方的方向去。

哇，她愣了幾秒，她記得前幾天有人提到新娘不能離開新房，好像會怎樣怎樣啊，看起來同事並不忌諱嘛。

「在忙什麼啊！」她索性轉個身進入廚房，裡頭的人正忙碌著。

羅詠捷抬首回眸，順勢把一盤水果端到她手上。「這是新郎的媽媽，這是小薰，我們公司櫃檯。」

女人回頭，笑了笑，繼續忙著手裡的活兒。「妳好！」

連薰予淺笑頷首打著招呼，對方準備了好些零食，要給外面那群人吃。

捧著水果要走出去，轉了一圈……嗯？廚房並不大，不過有扇通往陽台的門。「呂元婷呢？」

「在房間啊！」羅詠捷邊塞了顆蕃茄入口，「新娘不可以離開房間啦，妳那盤給新娘的！」

新娘不可以離開房間？

連薰予瞬間打了個寒顫，寒意竄起，她剛剛沒有看錯，切切實實有個穿著婚紗的女人從房間裡走出來，直接往十點鐘方向的廚房斜走進去！

她走到主臥室門口，同事們驚喜的招呼她進來，穿過人群，美麗的新娘就穿著與剛剛那件一模一樣的婚紗，坐在梳妝台前，笑得一臉燦爛。

「小薰！歡迎！」呂元婷巧笑倩兮，「今天真謝謝妳了，新秘說感謝你們救急！」

「不會，小事。」她遞上水果，新秘正在一旁整理她的頭髮。「吃點水果吧。」

「少來！快跟我們說，妳跟蘇皓靖怎麼回事？」幾個同事催促著，人人亮著八卦之眼瞅著她。

「對啊！也太保密了吧？」新娘仰著頭，雙眼熠熠有光。

今天的呂元婷真的非常非常漂亮，好不容易留到肩頭的長髮盤起編髮，上頭綴滿花飾。每個女人在結婚那天幾乎都是最美的，婚紗代表一種幸福，所以大家都會穿著不會脫下。

新娘坐在鏡前，期待著連薰予分享八卦，但她卻覺得手腳發冷說不太出來。

因為，鏡子裡映著的身影，披散而下的，是淺棕色的捲髮。

第二章

她就知道今天不該出門的。

「小薰，妳要吃嗎？」身邊的羅詠捷指向一桌食物，「要吃哪個？」

連薰予搖了搖頭，連笑都勉強。

好不容易捱到晚宴，一整天她如坐針氈，一間新屋裡兩位新娘，她就不信蘇皓靖不知道，可是他依然談笑風生，如同過往的萬人迷。

她卻連去洗手間都感到恐懼，這也太不公平了。

晚餐更是以公司區分，他們不同公司不可能坐一桌，蘇皓靖也明顯得不想要找人換位子，因為一開始蔣逸文就很好心的說可以互換，他卻拒絕了。

他不想坐實他們之間的關係？還是純粹不想讓蔣逸文陷入不熟的環境？她猜不準，她的直覺較之於他弱得太多，而且從無法探知他的心；她現在只知道，這餐飯她吃得難受，希望快點結束。

因為這席開三十桌的喜宴中，真心祝福這對新人的實在少之又少。

除了自家親人外，其他人多半是還債來的，當年自己或自己孩子結婚時炸過他人，現今便來還人情債，重點放在還債或是朋友相見，對於新人的祝福感涼薄得很。

更可怕的是同事或朋友桌，她甚至在一個女孩經過時，感受到了她的咒罵，還有她曾經跟新郎接吻的畫面……還有一個穿著大紅洋裝的搶眼女孩，她曾經跟新郎親暱的外出遊玩，浪漫至極，最後閃過的畫面是汽車旅館。

這是物以類聚嗎？她忍不住傳訊給蘇皓靖，怎麼他的同事一點兒都不輸他的花心啊，搞不好前女友認真湊起來都超過一桌，還全部邀來也太找事！

『各位親愛的嘉賓，讓我們歡迎今天的新人入場——』進行到該換第三套衣服了，連薰予回首看向大門，終於快結束了。

啪，燈光驟暗，這讓連薰予顫了一下身子。

這也太黑了吧？她眼前一片漆黑，什麼都瞧不見，讓她緊張的雙手互絞，背景音樂聲裡，夾帶著淺淺的低泣聲。

『嗚……嗚嗚。』

大門終於敞開，一道光從外面照入，新人在掌聲中緩步走入……連薰予看著新人的方向，卻突然覺得她的身後有沙沙聲響，就像是白色裙襬在地毯上拖行的聲音！

她不敢貿然回頭張望，用眼尾朝地板瞄去，立刻看到一襲白紗從她身後掠過，長長的裙襬拖行著，走向了新人即將前來的方向。

『我才是新娘！』女孩的聲音哭喊著，燈光跟著亮起，投射在新人身上。

連薰予屏息以待的抬首，另一位「新娘」在熾亮的燈光下消失了，只剩下正一路撒糖的正港新娘子，開心幸福的燦笑著。

她不安的朝蘇皓靖望去，他噙著笑拍手，趁機瞄她一眼，以口型說：「放輕鬆。」放輕鬆？她緊皺著眉，這種情況誰還能放輕鬆啊？

「給我給我！」羅詠捷伸長了手，新娘子也立刻給了她兩支愛心棒棒糖。

呂元婷笑得一臉幸福，她這套碧水綠的禮服，相當襯她的膚色，只是經過連薰予身邊時，裙襬上滿滿的血手印……鮮紅手印在綠色裙襬上鮮明異常，甚至在地板上拖曳的部分，還出現了死抓住裙襬的痕跡，向下拖著……

「喏，給妳！」羅詠捷開心的分送棒棒糖給連薰予。

她臉色蒼白的回神，呆望著棒棒糖，越過棒棒糖看向羅詠捷右手邊的蔣逸文，搖著頭輕哂。

「給他吧。」她用下巴指向蔣逸文，剛剛他偷瞄的那瞬間，渴望傾洩而出吶。

「啊？」羅詠捷錯愕的看向蔣逸文，「你吃嗎？」

「……嗯。」蔣逸文很緩慢的點點頭。

明明就很想要吧？連薰予自心底竊笑，還在那邊裝矜持！瞧著羅詠捷紅著臉把糖果分給蔣逸文，男孩也紅著耳朵收下。

這兩個有譜啊……就差一步！

『現在，我們請未婚的女孩們上來！』主持人吆喝著，羅詠捷倏地看上舞台，雙眼盈滿期待。

跟著，身邊的蔣逸文深吸了一口氣——

『大家快上來啊，不要裝了！』新娘湊近麥克風笑著，『羅詠捷！連薰予！』

羅詠捷做出一種，哎唷，是新娘點名我才勉強上去的扭捏姿態，嘴角帶笑的向後推了椅子，半站起身——連薰予右手一壓，卻直接攔下了她。

「咦？小薰？」看著壓在她腿上的手，羅詠捷不禁錯愕。

連薰予沒說話，只是加重手上的力量將羅詠捷壓坐回去，雙眼誰也不瞧，直勾勾的看著眼前桌上的碗。

不對勁。

蔣逸文一掃羞赧神色，也趕緊拉著羅詠捷坐下，他們都知道小薰有強烈的第六感，看她緊繃的側臉，是不是她察覺到了什麼？

羅詠捷緊張的嚥了口口水，僵硬的朝舞台看去，新娘子圓著眼吆喝她上來，她趕緊擠出笑容搖搖頭，表示自己暫時不要。

開什麼玩笑，小薰的第六感有多準啊，只要小薰覺得不能上去，就絕對不要拿自己的生命開玩笑！

「舞台會出事嗎？燈會掉下來？垮掉？」羅詠捷緊張的追問，「還是我去搶捧花時會摔下來？」

「妳想搶捧花喔？」隔壁的男孩迸出這麼一句。

羅詠捷尷尬的看向蔣逸文，「我是……現在遊戲不是就是要搶嗎？」

「有時是大家做個樣子的啊……」蔣逸文試探性的看著她，「所以妳……」

「哎唷，我沒有要搶啦，我只是……你很煩耶！問這麼多幹嘛！」羅詠捷又紅了臉，趕緊往左邊轉來。「小薰？」

連薰予微幅的搖搖頭，現在不是說的時候，老實說他們也不需要知道。

例如，在舞台上，高舉捧花笑得燦爛的新娘裙下，拖著另一個身著白紗的新娘子，她緊揪著裙襬，趴在地上尖聲嘶吼。

『那是我的捧花！我的——』

捧花高高拋出，現場一陣驚呼，連薰予下意識的轉首望去，眼前看見的卻是一片的血紅——嚓！

大片的血濺出，伴隨著巨大的碰撞聲與尖叫聲。

天哪！面對灑上她臉的血，她下意識的向後退躲想遮掩——背後驀地一陣溫熱，男人穩當的撐住她的背部。

「妳還不夠從容。」蘇皓靖不知何時來到她身後，低語。

連薰予緊握著拳，略顫的看著他。「這怎麼從容？整場婚禮裡沒有幾絲真心的祝福，更多的是強大的負面能量。」

恨、怒、嘲諷、在在都是可怕的想法，剩下沒有厭惡的就是還債之心，一種照著禮金簿還債的心態，對於新人並不理解，也沒有祝福，最多只是在評價當晚喜宴的菜色罷了。

「這大概是我遇過最特別的婚禮了。」蘇皓靖露出讚嘆的目光，轉頭看著這席開三十桌的婚宴會場。「惡意幾乎籠罩了整個婚禮啊。」

連薰予忍不住瞄了他一眼，「我覺得如果你結婚的話……說不定不遑多讓。」光是懷怨的前女友們就有一個班吧？勢必比這位新郎強啊！

蘇皓靖睨了她一眼，突然前傾貼近她髮鬢旁。「那最最要煩惱的，可能只有妳喔。」

台上歡聲鼓舞，有人接到了捧花，笑得合不攏嘴，接著又是喝酒又是舉杯，進行著固定的活動儀式。

頸子通紅的連薰予輕輕抵著蘇皓靖，到底又在說什麼。「我要……」

她打了個寒顫，驀地往門口的方向看去。

一襲黑紗黑裙的女人突兀的走在走道上，她是從這個廳的大門一路走過來的，那一身黑實在太搶眼，讓原本注意力只放在前頭的賓客們，漸漸靜了下來。

直到連台上的主持人笑容都僵硬了，誰知那女人越走越前面，幾乎逼近舞台。

「喂。」主桌旁的親人桌有人站了起來，步出擋下女人，那一身穿著擺明就是來鬧事的吧。「妳做什麼？」

「丁禮軍！」女人仰頭朝舞台怒吼，「你這個渣男！誰嫁給你誰倒楣！」

這一聲怒吼聲音清亮，不必麥克風每個人都聽見了，新郎臉色丕變，緊皺著眉把主持人往前推，妳處理啊！

「喂，妳做什麼啊！」親友紛紛起立，人高馬大的男人們打算以體型及兇悍氣勢逼退女人。「鬧什麼場啊！」

眼看著對方似乎想動手，蔣逸文神情緊繃的站了起來。

「丁禮軍，你自己說，你騙了多少女人！我妹妹只是其中之一而已！不負責任的爛貨！」女人高分貝的尖吼，「她為了你自殺，你在這邊摟著別的女人發什麼相愛一輩子的誓！我呸！噁心！」

「來人！」主持人緊張的呼喚，「請這位小姐出去！您可能走錯地方了！」

「什麼走錯，丁禮軍是誰，不就是你嗎？」女人突然一掀黑袍，藏在底下的手朝空中撒出了大量的冥紙。「我妹為了你自殺，你也該致個意吧！」

大紅喜慶的婚宴現場，冥紙顯得格外刺眼，鄰近桌次的人們尖叫著站起，忌諱的人更是抖著身子尖叫，彷彿被碰到就會衰運黏身似的。

新郎臉色陣青陣白，焦急的他顧不得現場賓客的竊竊私語，他只擔憂的看著美麗堅強的新娘。

保全終於上前，禮貌的請女子離開，她不依不饒的持續歇斯底里，最終迫不得已架住了她；保全一觸及女子的瞬間，親戚們彷彿有了護身符似的，開始不客氣對女人動手。

「住手！你們做什麼！」蔣逸文看不下去，直接上前。「別趁機打人啊！」

他這一吆喝，早坐不住的羅詠捷一馬當先鑽進混亂的人群裡，擋在喪服女子前方，接著其他人也跟著加入戰況；蔣逸文認為有話可以好好說，但有人就是擺明了要趁機打人啊！

「我妹妹……丁禮軍對她始亂終棄，她都已經懷孕了，說會娶她都是騙人的，不聞不問，然後再說孩子根本不是他的，逼我妹分手！」被扯著頭髮的黑衣女人沒有放棄大吼，「後來我妹才知道，他同時跟好幾個女人交往！」

「我沒有！」丁禮軍急了，對著新娘解釋：「她在胡說八道，妳要相信我！我承認我跟她交往過，但沒有什麼始亂終……」

他有。連薰予在心裡默默的想著。

丁禮軍咬著牙瞪向一團混亂，一轉身急著要下舞台。

但新娘卻突然出手拉住他，丁禮軍錯愕回首，看著嬌豔的女人搖了搖頭。

「你就是！你欺騙了我妹的感情！逼她墮胎！」女子開始哭泣，「還讓她自己一個人去拿掉孩子！」

「我那時已經跟她分手了，孩子本來就不可能是我的！」丁禮軍氣急敗壞喊著，「明明是妳妹想栽贓我！」

鮮紅的血霎時染紅了新娘的裙襬，連薰予看見舞台的階梯上坐著一個女人，懷裡抱著渾身是血的嬰兒……迷你的，連人形都不成樣的嬰孩……畫面一轉，她又看見了披頭散髮的女人拿刀子一刀刀朝自己的手腕割下去，崩潰般的哭喊著，每一刀下手都沒有遲疑。

彷彿要用這樣的痛，才能彌補她的悲傷……

『新娘是我！是我——』女人瞬間自階梯上回首，轉身拉住新郎。『叫她脫下來，那個位子是、我、的！』

冰冷瞬間貼上臉頰，連薰予嚇得回神，杯子貼在臉上，她驚魂未定的看著蘇皓靖。

「看就好，知道就好，別被拉著走。」他從容的說著，連回頭欣賞混亂都懶，服務生剛剛上了熱騰騰的佛跳牆，這得趁熱吃啊！

「到處都是血啊！」連薰予看起身盛裝佛跳牆的他，「我覺得這場婚宴……會濺血。」

「肯定會。」蘇皓靖看著她，「而且我知道不會是我們，也不是羅詠捷他們。」不是他們濺血，事不關他們，就不出手，這是蘇皓靖的原則。

是啊，也是他們保命的最大原則。

連薰予回眸看著那團混亂，每個人在紅毯上推擠掙扎、叫囂怒罵，蔣逸文張開雙臂阻止男方家屬的粗暴，他每一腳踩過的紅毯，都濺起了紅色的血花。

這是場註定染血的婚禮。

連薰予恐慌的心跳加快，她的第六感可以預見染血，但是卻還感覺不到確切發生的事情，或是從何——大掌壓住她肩頭，一碗佛跳牆放在她面前。

「我們阻止不了，也不該阻止。」蘇皓靖說得輕描淡寫，「那不是我們的戰爭。」

「但是可以阻止傷亡。」她反握住他的手，照理說當她與蘇皓靖在一起時，感應應該會更大的啊！

但是一切都太模糊，刺眼的光、尖叫聲，血花……

「你至少也該去她靈前懺悔！」姊姊聲嘶力竭，高舉起早備好的相框。自備遺照，她的包包裡放的是妹妹的遺照。

台上的新娘轉身要了麥克風，從頭至尾，鎮定得令人咋舌。

「請安靜！所有人都住手——」鏗鏘有力，新娘指向了混亂處。「全部都閉嘴！」氣勢十足的聲音傳來，混亂戛然而止，所有人錯愕的回頭望著台上的新娘，她幾乎是以倨傲的姿態睨著所有人。

「呂元婷。」新郎又氣又急，上前想拿過新娘的麥克風。

「我相信我的丈夫，無論他之前有多少女友或是糾葛，但現在他就是我的丈夫。」她冷冷的瞧著黑衣女人，臉上盡是嘲諷的笑容。「再多的女友，身分都不是丁太太好嗎？你們爭什麼都無濟於事。」

「他欺騙多少女人的感情妳知道嗎！」黑衣女人義憤填膺。

「沒欺騙我。」新娘嘴角的笑揚得更高了。

「我妹妹因為他而自殺了——他不必負責嗎？」

「既然妳都知道是自殺，她就是自己殺自己，我不管她怎麼死的，選擇死亡的也是她自己，不關我老公的事。」新娘自鼻恐哼氣的聲音明顯到令黑衣女子惱火，「她的生命她自己決定，妳不能接受親人的死我瞭解，那妳應該是觀落陰去罵她，不是跑來罵我老公！」

「是因為他的始亂終棄她才自殺的！這種刻薄無情的男人，總有一天也會背棄妳！」女人怒不可遏的直指新娘，但氣勢上硬生生矮了一大截。

因為新娘是完全的睥睨！全身散發著不屑與不齒，這個鬧事的黑衣女人，她手裡的遺照，她的痛哭暴怒或歇斯底里，呂元婷沒有一樣放在眼裡。

「好了，破壞別人的婚禮，妳妹也不會活過來，出去吧。」新娘朝向親人們頷首，「大家不要亂動手，不值得！再鬧就報警吧。」

黑衣女子咬牙切齒，瞪著新娘身後的新郎，伸手就是一指。「你會有報應的！絕對不可能沒報應。」

「警衛！餐廳有人鬧事。」新娘撂了話，請人將鬧事的女人拖出去。

女人被拖著往外走時，尖叫聲不斷，什麼難聽的話都傾巢而出，每一字一句咬牙切齒，直到被拖出場外為止。

現場依舊鬧哄哄的，新娘將麥克風交還給主持人後，硬是把場面帶回正軌，彷彿一切沒事，繼續節目進行；蔣逸文坐了回來，衣服在剛剛的混亂中被扯皺，羅詠捷則是一臉不爽的坐回來。

「我的天哪！他們好粗暴喔！」她隨意攏攏散亂的頭髮，「那個女人的衣服都被扯破了。」

「亂別人婚禮就要有點覺悟吧？」蘇皓靖起了身，準備回到原桌去。「真是別開生面的婚禮。」

連薰予沒好氣的白了他一眼，他們都知道這場婚禮勢必見血，黑衣女人的鬧場只是第一步而已，抓髮扯衣也不見多少血腥，所以事情還沒完。

「小薰，剛剛那件事妳事前就知道嗎？」羅詠捷好奇的問著連薰予。

她有些面有難色，勉強笑著。「我不太想回答這樣的問題。」

氣氛頓時一凝，蔣逸文默默自桌下推了羅詠捷一把，小薰不高興了啊！知道連薰予直覺強的人就只有他們，羅詠捷這樣問彷彿是在怪小薰沒有事先告訴他們或是……警告新人似的。

羅詠捷有些失落，也難掩心中不悅，她的確覺得如果小薰知道可以先講一下，只是預防嘛！

連薰予斂起了笑容，直覺感應強的她，不對誰有義務，她願意幫人、願意助人是一回事，但他人不能把這件事當成理所當然。

喜宴最後就在尷尬的氣氛中結束，連薰予此後也不太說話，羅詠捷心頭也悶，夾在中間的蔣逸文只能尷尬的找話題。

※　※　※

好不容易捱到婚宴結束，新人送客。

連薰予搥著自己的肩頭，這場婚禮她真的吃得很辛苦。

「沒吃飽吧？」身後有人逼近，一上前就拉過她的上臂。「等等去吃點宵夜？」

回眸看著靠近的蘇皓靖，她輕點頭。「我還是得跟姊說一聲。」

提起陸虹竹，蘇皓靖臉色又是一僵。

「恭喜恭喜！早生貴子喔！」「百年好合！」

前方熱熱鬧鬧，大家紛紛祝福新人，又是拿糖，又是拍照的，場面十分溫馨，已經不見剛剛的緊繃與火爆。

「媽！爸喝了酒，別讓他開車！」新郎正在那兒嚷著，「讓弟弟送你們回去好了！」

新娘也在關心親人的返程，他們已有新居，還得留下結帳與善後，自然無法跟著家人一起離開；新娘遞出籃子，連薰予婉拒拍照，意思意思的拿了喜糖，努力笑著說恭喜。

「下次等著喝你們的喜酒喔！」呂元婷打趣的瞄向她跟蘇皓靖，「也太會保密了吧！」

「對啊，怎麼都沒想到你們會在一起！」連新郎都拍了拍蘇皓靖。

「我們……」連薰予連解釋都懶了，只能給個微笑。「好吧，總之恭喜了。」

新娘開心的從盛滿血的籃子裡，再度掏出糖果給她。「多拿一點！」

連薰予凝視著那籃子，看新娘染血的手上是塊肉塊，可能是個未成形的胎兒……她緊繃神經，戰戰兢兢的抬頭，盡可能的擠出自然的微笑，新娘洋溢著幸福的笑容，而她的肩上搭著一隻蒼白的手，然後她的右肩後方緩緩的冒出了白色的頭紗……

「要幸福喔！」左手猛然被拽扯，蘇皓靖從容的拉著她離開。

「不關我們的事，就是來吃個喜酒。」他自然的跟同事們打招呼，大家出了餐廳門口後，依然在騎樓或馬路邊聊天喧譁，有些難別離。

喉頭緊窒，冷汗滑下了她的臉頰，不由得看向蘇皓靖。「另一個……」

喝茫的人說話更是大聲，都已經興奮翻了，又笑又擁抱的熱絡，一切看起來明明是那麼和樂融融，但連薰予卻開始不自覺的發抖。

「想吃什麼？附近有一些小吃，分量不多又能暖胃。」蘇皓靖真的完全跟沒事人一樣，但連薰予知道他明明感受到的比她更多！

染血的婚禮至今未見血跡，只是因為尚未——

「呀——小心！」不知道是誰拔高了音尖叫，所有人都還來不及反應，就聽見了驚天動地的巨響！

碜！連薰予跳了下身子，因為有個東西就從她面前飛過，然後剛剛站在外面馬路邊談笑風聲的人們就……不見了？

所有人都愣住了，幾秒之後，淒厲的尖叫聲劃破了這片刻驚愕的寧靜。

「呀——爸——」

大家湧上前去，那從右側突然衝過來的小轎車直接撞上新娘的父親，人被夾在另一台停著的轎車車頭，還有兩個親人被壓在車下，狀況未明。

「怎麼會這樣……我們只是在聊天……」崩潰哭喊的是新娘的姊姊，今天一整天她都忙裡忙外，大家都認得。「我不知道這台車哪裡來的！」

「到底怎麼回事！叫車子退後！」親戚氣急敗壞的踹向小轎車，「你是怎樣！靠！他也暈了！」

不必移動腳步，都可以看見新娘父親夾在兩台車中間，上半身躺倒在另一台車的引擎蓋上，已經沒有意識。

「先不要動他！現在移開說不定有危險！」羅詠捷已經出去幫忙，「先報警！叫救護車！」

「對！先不要貿然移動傷患……兩個都……」蔣逸文跟著排解，突然低首一看。「下面也有人！」

「……我叔！叔！我叔……」新娘姊姊已經站不住了，雙腳一軟倒了下去。

其他人團團包圍前方，肇事駕駛也卡在裡頭暈厥了，終於新人聞聲衝了出來，新娘怒吼的哭喊著，然後……

「爸？爸——」新郎不可思議的喊出，「爸！」

這激動的喊叫聲不是對著被夾住的新娘父親，而是對著昏厥在駕駛座裡的肇事者。

「不不不……」這才跟著奔出的新郎母親瞥了一眼車子，旋即暈了過去。

所以，是新郎的父親，酒駕撞上了新娘的父親與親人。

蔣逸文拉著羅詠捷後退，看著血涔涔流了一地，新娘父親的狀況看起來非常的不妙……羅詠捷第一時間回首尋找連薰予，她被蘇皓靖緊緊摟著，緊蹙眉心，神情盡是哀傷。

染血的婚禮，原來是這個樣子，喜事瞬間成了喪事。

餐廳的人員趕忙出來協助，排解交通，請人潮移動，他們必須確保救護車能順利的進入。

「麻煩一下，門口的車子都請先移走！」員工在餐聽外的路口嚷著，「車號 NTR 3320 的車主——」

「麻煩讓讓，你們可以進來餐廳沒關係！」一名員工從飯店裡走出，直接拍了拍連薰予。「小姐，你們要不要先——小薰？」

蘇皓靖倏地回頭，連薰予也吃驚的看向了男員工。

「我就知道！」蘇皓靖突然覺得頭疼了。

「阿瑋！」

阿瑋，連薰予的大學同學，屬於衰事連連八字很輕又常撞鬼的那種人，蘇皓靖一般都稱他——移動神主牌。

第三章

這大概是他們參加過最糟糕的婚禮了。

新娘的父親在救護車抵達時，已經沒有生命跡象，新郎的父親酒駕逆向，情況也不理想，肋骨斷裂，頭部受傷，另外被壓在車下的都是新娘的親戚們，撞傷的有三、四位。

喜事一秒變喪事，新人連衣服都來不及換，就跟著去醫院，剩下的賓客陸續散去，討論著剛剛那黑衣女人帶來的災厄有多不吉利：穿著喪服擅闖他人婚禮，又撒冥紙又帶遺像的，這無非是一種詛咒，根本就是帶給新人厄運。

「真的好像詛咒喔！」羅詠捷忍不住搓著雙臂，「前腳才撒冥紙，後腳就……連一小時都不到。」

「穿黑衣這些也都是禁忌吧？所以那個女的才會故意來鬧場，因為她本來就是抱著咒人的惡意來的！」蔣逸文嘆了口氣，都是同事，總是希望這場婚禮能圓滿，羅詠捷又從頭幫到尾，這樣的結局怎能不令人欷歔？

因為意外來得突然，所以一路協助的同事們便自告奮勇留下來替新人處理善後，好不容易收拾完現場，因為餐廳員工剛好有連薰予的「熟識」，所以他們就著一張圓桌稍作休息，還有飲料呢。

「倒不必扯到什麼詛咒禁忌，這一開始就是因為酒駕。」蘇皓靖倒不以為然，「喝成那樣了還開車，逆向再撞上人，我只覺得剛好而已。」

難道要說是因為有人來鬧婚宴，所以才讓新郎父親酒駕的嗎？

「說的也是，一直聽到丁禮軍喊說要注意他爸喝得太醉，但他還是上了車。」蔣逸文嘆了口氣，「好好的婚事轉眼就……」

「我看呂元婷的父親可能……腰部都被夾成那樣了……」羅詠捷垂頭喪氣的，「直接變喪事，我不太想幫喪事了。」

「那就不要幫，妳這陣子也忙得夠嗆了，我都不知道到底誰要結婚。」蔣逸文這口吻帶了點抱怨。

「哎唷，我就是想先看看辦場婚禮要做些什麼，而且那是我們同事耶！」羅詠捷對於幫忙喜事倒是積極得很，「我幫得很愉快啊！」

「好好好。」蔣逸文只得這樣回，因為他也是全程協助，就怕一抱怨，等等羅詠捷又要不高興了。

員工出入口走來脫去制服的男子，一臉驚喜的走向他們，蘇皓靖只瞥了一眼，就白眼翻到宇宙的撇過頭去。

「還有要喝果汁嗎？我再去拿！」阿瑋熱情得很。

「不必了！這些夠了，你下班了嗎？」連薰予趕緊也為他斟了一杯，「坐下來一起休息？」

阿瑋拉開椅子，隨手擦著汗。「晚上真夠折騰的！」

「嗨！」羅詠捷跟蔣逸文打招呼，「沒想到會在這裡見到你耶！」

他們都因為連薰予的關係，之前碰過面。

「對，真令人意想不到。」蘇皓靖幽幽接口，「我說你不是在日式居酒屋工作？上次那個整票都犯鬼月禁忌的？」

「啊，先關店了啦！」阿瑋一臉無辜，他之前工作地方的同事死傷慘重，店要開下去有點辛苦，店長一時找不到齊全人手只好先休息嘛。「趁空檔，我拿著之前的經驗，跑到這邊的餐廳幫忙。」

「你應該沒提犯忌的經驗。」蘇皓靖扯了扯嘴角。

連薰予立馬用手肘頂他，「幹嘛這樣，犯禁忌的也不是阿瑋，是他的同事，他很無辜。」

「超無辜，妳自己算算，有他在的地方是不是都沒好事情？」蘇皓靖一點兒都不客氣。

「你剛才說這是酒駕不對，總不會是因為阿瑋在，新郎他爸才酒駕的嘛？」連薰予一秒回嘴。

蘇皓靖撇撇嘴，但阿瑋這個移動神主牌就是倒楣的代表，他自己倒楣就算了，還都會連帶牽扯大家都衰。

「我很無辜，剛剛我在另一個廳幫忙，但我有聽說這邊鬧場的事，同事說有人來撒冥紙。」阿瑋一臉心慌，「我現在很怕這種事，還冥紙，沒事都有事了。」

「為什麼？」羅詠捷瞪圓大眼，「有什麼事？」

「唉，結婚禁忌列印出來都能當紅毯那麼長了，喜事上撒冥紙能多吉利？更別說還穿黑衣來？這根本厚——」阿瑋話還沒說完，蘇皓靖已經非常沒禮貌的起身了。「欸，蘇先生？」

連薰予無奈的苦笑，「你現在跟他說這個，他會很不爽，就說是酒駕肇事了，無關禁忌。」

「小薰，這種事脫不了禁忌。」阿瑋更加語重心長，「總是各種一點小事組合起來，就是大事了——不然為什麼晾個衣服都會有事？」

鬼月在戶外晾衣，現在人人都會做的事，偏偏讓他犯上了忌，就單純的因為「慶生」。

連薰予無可奈何，不管是不是犯上禁忌，這場婚禮一開始就註定不會有善果，她在今天下午一踏進新人房子裡就感受到了！匆匆拎起包包，她得追著蘇皓靖離開。

「你們也該走了，阿瑋這邊……」她尷尬的指著滿桌。

「我來！」阿瑋立即拍拍胸脯，小CASE。

看著急切要走的她，羅詠捷依然滿腹的話想說，直到她要奔出廳外，她還是忍不住的叫住了她。

「小薰！還會有事嗎？」

「羅詠捷！」蔣逸文「哎呀」一聲低語，不是知道小薰不喜歡人家問這些嗎？

連薰予略微止步，回眸瞥了他們一眼，最終只給一個微笑，一字未提的轉身離了廳。

「厚！」羅詠捷急得跺腳，不甘願的坐下來，端起桌上的果汁一飲而盡。

「妳就知道不該問為什麼還故意問？」蔣逸文忍不住責備起來。

「呂元婷是我們的同事、朋友，如果她知道會出事，就稍微提醒一下啊，她不是別人，是元婷耶！」羅詠捷咬著唇，「如果她願意，今晚的悲劇或許就不會發生！」

「那不是小薰或是蘇先生的義務。」阿瑋嚴肅的打斷了羅詠捷的抱怨，「你們既然知道他們第六感強大的事，就表示他們對你們有一定的信任，既然有信任，就不該這樣對他們。」

「我怎麼對他們了？意識到危險前給予提醒……」羅詠捷不爽的面對阿瑋，「這也是小薰說想要改變的地方。」

「改變了一人的命運，卻害死另一個人嗎？這也是小薰憂心的地方。」阿瑋眼神變為銳利，「不要在那邊自以為聖母，這些都不是他們的義務，要不要幫、想不想說，都操之在他們自己。」

羅詠捷緊握拳頭，眼看著不爽的要站起，蔣逸文趕緊壓下她的手。「羅詠捷！妳明知道阿瑋說的是對的！我們都知道小薰不容易，妳為什麼突然要這樣壓迫她？」

羅詠捷愣了，不可思議的看向蔣逸文。「我壓迫她？」

「妳一直追問就是在逼她啊！彷彿在責怪她為什麼不說！」蔣逸文很認真的勸說，「就算是新娘……小薰也跟她不熟，妳不能用自己的角度去看她！」

羅詠捷深吸了一口氣，再用力深呼吸，她心底明白蔣逸文說得對，她該比誰都瞭解連薰予的難處。擁有強烈第六感不是她的錯，亦非她所願，這些不該成為她的痛或是義務。

但的確是因為扯到同事，她跟呂元婷平時頗為交好，所以才……不忍看到好好的婚禮變成這般悲傷的事故。

阿瑋起身把杯子與果汁罐收走，跟他們頷首道別後就往廚房裡去，蔣逸文拍拍她，只能叫她放寬心。

「如果這是註定的話，那也是呂元婷必須面對的。」蔣逸文輕柔的拉過她，「蘇皓靖說得沒錯，酒駕這件事，總沒人逼著他開車對吧？」

羅詠捷默默的點點頭，這些道理她都知道，就像當年她應該會被燒死在KTV火場裡，也是因為小薰一時提醒她才放棄與同事去唱歌……但換言之，小薰不是也干涉了她原本的命運？

能救她，就可以再救其他人，小薰厭惡這樣強大的直覺，但她最近不是開始認為可以拿來做好事。

但能力是小薰的，她的確有權選擇，不該成為義務……臨出廳前回頭看著那喜氣洋洋的舞台，一開始幸福熱鬧的婚禮，竟就這樣變了調。

※　※　※

扣上安全帶的瞬間，連薰予不由自主的長吁了一口氣。

「她個性就那樣，可能事關妳們同事，個性急了些。」蘇皓靖什麼都沒問，卻瞭然於胸。

「我不是不想阻止……」她若有所指的瞥了他。

「是我阻止妳，我的原則始終堅持，不需要介入他人命運。不管是鬧場還是酒駕撞死親家，一切都是各人造業各人擔。」蘇皓靖永遠都這麼的冷靜。

他的第六感比她強大、感受到的更清晰甚至更早更快，換句話說，他比她更能知曉危險或是誰的命運，正因為如此，她總是佩服他的理智、冷淡，或者說……冷漠。

明知一切卻視若無睹，這樣成長有多掙扎多痛苦她知道，她的第六感沒那麼強都覺得很難受了，他竟都能這樣毫不在意。

「好糟的婚禮，心情真不好。」她又嘆了口氣。

「別去想就好了，橫豎不是我們的事，妳有空關心瑣事，不如想想我傳給妳的那幾間房子怎麼樣！」

發動引擎，蘇皓靖小心的往前滑行。

房子，提起這件事連薰予就有點緊繃，她背著姊姊辦了另一個通訊軟體帳號，專門與蘇皓靖聯繫，而他找了一堆租屋資訊，都在他家附近，重點是……搬出去。

「我都還沒跟姊姊提……對，我不敢提。」她相當為難，「突然說要搬出去，姊會怎麼想？」

「不必提啊，找好喜歡的屋子，租下來，再告知就好啦。」蘇皓靖緩速右轉，「到那時就是開誠布公的時候了。」

「我……」連薰予心頭一緊，難受的望向窗外。

「妳姊絕對有問題，我不說別的，誰會在自己妹妹的食物裡放安眠藥？刪除訊息？掛斷來電再刪除來電紀錄？」蘇皓靖對連薰予的姊姊，是築起百分之兩百的防心。「對我來說，最可怕的是我的第六感完全無法感應到她！」

就連哪個路口掛著哪具屍體或是亡靈他都能感應到的強大直覺，居然完全無法預想陸虹竹的思考、下一個動作，甚至連她拐到腳都感應不到？

她絕對不是普通人，難道就這麼剛好，她是獨一無二的絕緣體？發不出電波讓他們感受？

「我雖然是領養的，但從小到大姊對我如同親生妹妹，也就最近才有這種狀況……我也不能接受！但是她還是我姊！」連薰予激動的低吼，「我覺得這樣子彷彿是在背叛她！」

「她對妳下藥時就已經背叛妳了。」蘇皓靖冷冷的瞥了她一眼，「我不是要妳們反目成仇或是斷絕關係，我是為了妳的安全……這陣子我們遇到太多事了，太多讓我覺得簡直是衝著我們而來的狀況，妳明知道每次都有人特別針對我們，要置我們於死地！」

不管是誰犯了禁忌，或朋友或同事，犯忌者自會被反撲沒錯，但那些魍魎鬼魅為什麼總是會回頭攻擊他與連薰予，還有人萬不得已的傷害他們，只因為「約定好的」？有什麼東西在暗處，跟這些亡者厲鬼談了它們無法拒絕的條件，為的就是趁亂幹掉他們。

他不知道惹到誰，他習慣招惹活人正妹，連薰予一向膽小更不可能，更別說他們怎麼會有共同的敵人？

第六感無法給他們更多答案，所以他們只能消極的躲、閃、逃。

「不會是姊姊。」連薰予轉過頭瞅著他，義正詞嚴。

「我沒——」蘇皓靖突然一扭方向盤，朝靠右切入停下！

咦？連薰予也突然覺得心慌的回頭查看駕駛座的後座，有股惡寒襲來，她不知道是什麼，但有東西在車上！

「下車。」蘇皓靖邊說邊開了車門，連薰予正才慌張的鬆開安全帶也踉蹌下車。

盈滿惡意、但沒有殺氣，只是一種叫人不舒服的惡氣瀰漫著……啊啊，連薰予蹙起眉，她知道這份熟悉感是什麼了。

「好像剛剛那場婚禮上的氣氛。」有尖叫有恨意，無形的咒罵瀰漫在空氣中……「那新郎到底劈了多少女生啊？」

「我沒什麼資格評判他。」蘇皓靖說得稀鬆平常，因為他的花心不遑多讓。

蘇皓靖本就是中央空調，或許是許多女性眼中的渣男，遊戲人間，反正願者上鉤，只要條件好他都不會拒絕。

只是沒那麼渣的地方在於他從不用心，會跟每個女人把話說在前頭，只有激情沒有感情，誰也別想以女朋友自居，大家好來好去沒關係，佔有慾強或正式交往就免了吧。

儘管如此，女孩們還是趨之若鶩，因為他頎長的身形、健美的身材、俊朗的容貌及幽默的談吐，每一樣都極為吸引人……也讓每個女孩都想相信，自己會是改變他的那一位，成為獨一無二。

人說有夢最美，但遇到蘇皓靖都不會踏實，他真的就不會對誰認真，每個都只是遊戲人間的伴侶罷了。

「你要是結婚，我覺得氣氛可能會更差。」連薰予由衷的在車子另一端開口。

「哈哈哈！」那廂還能笑得自在，「那也太冤枉，我可沒玩弄誰的感情，跟新郎可不一樣。」

咦？連薰予一怔，言下之意，新郎是玩弄情感嗎？對啊……都有人為他自殺了！

蘇皓靖打開後座車門，那令人討厭的怨氣是從駕駛座下方來……打開後座的燈，他彎身在後座摸索察看……嗯？立即在座位底下觸及一個物品，東西不大，是個細長的條狀物。

單只是伸手觸及，就能感受到強烈的恨意，有人尖叫咆哮的撕扯東西，刀子一刀刀的戳刺在一張根本看不見臉的相片上。

連薰予也發顫的感受到恨意，掠過腦海的影像是張男人的照片。

「還真勤勞，為了要洩恨特地去洗照片出來嗎？」蘇皓靖帶著笑，將撿到的東西向上拋。「這、個。」

連薰予不必靠近，在剛剛蘇皓靖撿起的瞬間就知道那是什麼了，一把扇子。

「為什麼會有這個東西？」她狐疑的看著，「那個位子是……新秘？」

「或許是多的扇子，也或許是……新娘應該丟掉的那把？」蘇皓靖拋扔著扇子，逕自走向就近的垃圾桶。「習俗裡迎娶走之後不是都得丟把扇子？以象徵把壞脾氣留在娘家？」

「是啊，一種帶有歧視的習俗，只有女人要丟掉壞脾氣，男人不必。」連薰予挑了眉，「我們的車是後來支援的，更不是新娘出嫁時乘的禮車，扇子怎麼會在我們車上？應該是新秘多的吧？」

蘇皓靖看著那柄扇子一會兒，直接扔進了垃圾桶裡。

「所以上面的恨與怨都是新秘的嗎？」蘇皓靖還嫌髒般的搓了搓手，「我是不知道新秘需要準備扇子嗎？」

連薰予只得聳肩，她也不清楚。「算了，丟了也好……車子清新多了。」

「我嘴饞得很，我們快去吃宵夜。」蘇皓靖愉快的坐進車子裡，果然車內立即舒服許多。

連薰予跟著上車，下意識的再回頭瞥了眼車子後方，若有所思。

「別管別人的事。」

「羅詠捷說得也沒錯，呂元婷好歹我同事。」她白了他一眼，「結婚的事我們不知道，不過如果那是丟掉的扇子再回來也太詭異，還有另一個新娘……不只出現在會場裡，我下午在新居就看見了。」

「應該是那位自殺的女孩吧？丁禮軍真是萬人迷，大家都爭著要當他的新娘。」蘇皓靖笑容帶著嘲諷，他覺得這是不太道德的事，沒有要認真經營，就不該誆騙他人感情。那種「對方結婚了，新娘卻不是我」的戲碼，太傷人。

連薰予定定的望著他，眼神裡盡是調侃。「我真心覺得你結婚時也不會太順利。」

「我可不曾對誰許下承諾。」蘇皓靖笑得爽朗，「真心不騙，目前為止我只正式交往過一任女朋友。」

「哇……」連薰予失聲而笑，「我們那整棟辦公大樓，最少有五十個女人跟你在一起過吧？」

「那都不是女朋友啊！」蘇皓靖意味深長的衝著她笑，「我最近是有考慮找第二任了！」

連薰予微怔，難掩羞赧的正首，這就是他替她物色的房子，都在他家附近的原因嗎？蘇皓靖見她的模樣，放肆的朗聲大笑起來，惱得連薰予又氣又急，抓起手機來掩飾不安，也是真的應該要跟姊姊說一聲，她今晚會晚點回去；不過眼尾瞄到她在傳訊息的蘇皓靖，笑容微斂，他知道她在傳訊給陸虹竹，才會那麼不高興。

「又報備。」這聲調明顯低了八度。

「她是我姊。」連薰予不知道他們要討論這件事到何時，「我晚歸自然要跟她說，不然她會擔心。」

「嗯哼。」敷衍的回應，蘇皓靖連裝都懶得裝。

「不說別的，你知道姊在屋子裡放的那堆法器……至少我在家裡時是平安的，大幅減少我的第六感，減少被那、些發現我的感應力。」連薰予絞著雙手，「一旦我搬出去住，我就像失去了一層防護……」

唉……蘇皓靖重重的嘆著氣，重到極度誇張，深怕連薰予感受不到他的力道似的。

「人要長大，連薰予，今天就算妳姊沒問題，妳打算一輩子生活在別人的羽翼下嗎？」蘇皓靖擰著眉，難得嚴肅。「就算今天我們兩個住在一起，我也不可能時時刻刻都保護妳！」

更別說，陸虹竹明擺著就是有問題！

什麼愛拜拜？沒事就去拜廟？迷信到喜歡求神問佛買法器？結果卻剛好可以買到力量強大的護身符、法器、八卦鏡，甚至是符咒？沒用的是堆了一倉庫，但裡面有一部分有效的便頗有助益，以前覺得只是巧合，但最近的種種都讓他更加確定——一切都只是障眼法！

迷信是人設，買一堆沒用法器也只是假象，為的是隱藏真實有效的物品，她的每個動作、說的每一句話，幾乎都藏有深意，只是過去的他們沒有留意罷了！但一旦開始留心，便會發現處處有玄機。

光說她口中所謂靈驗的廟、買法器的地方，他們都遍尋不著，問她地址卻又敷衍回應，根本就大有問題。

「誰要跟你住在一起！」連薰予果然聽到了重點上，「我相信姊有事隱瞞我們，但我不信她會害我們！」

「好了，別提她了，提到她我會覺得消化不良。」開進熱鬧的宵夜街，蘇皓靖放慢速度準備尋找停車位。

連薰予也很無奈，這難解習題還找不到順利解決的辦法……

「阿瑋剛傳訊息來，說羅詠捷他們回去了，然後……新娘的爸爸過世了。」連薰予看著訊息，不由得皺眉。「兩個重傷，肇事者氣胸，都在手術中……」

染血的婚禮，一開始就有徵兆了……她不由得又回頭瞥了後座一眼。

「提到妳那個神主牌同學我也覺得消化不良……怎麼到哪裡都會碰到他？不對，為什麼他在的地方都會出事？」提到阿瑋，蘇皓靖白眼會翻到天邊去。「他以後換工作能不能公告一下，我絕對不會靠近那方圓百里。」

「別鬧！阿瑋也不是故意的啊，是衰事找上他，不是他製造衰事！」連薰予留意到前方有停車格，「那邊那邊！」

順著準備開過去，突然左側喇叭聲大響，一台車硬生生的超車後，順當的滑進了他們原本要停的停車格。

「喂——」兩人異口同聲，蘇皓靖眼看著都要按下喇叭了，這也太沒品……

撞擊聲響，大燈玻璃盡碎，車前蓋還被撞凹，有台紅色的車子一路從馬路的另一頭，倒車直接撞上了這個車位。

僅僅一秒，蘇皓靖收了手。

「這個車位我們就讓給他好了。」他輕聲的笑起來，看著那囂張的車主得意下了車，還瞥了他們一眼。

連薰予忍不住笑意，更是朝那車主微笑頷首。「是啊，人家想停就讓他停了吧！」

完全沒有動氣的必要，蘇皓靖逕往前開，尋找至少能安然無事的車位。

這就是他們的第六感，稍晚那台車會被倒車失誤的人撞個正著……但也就是這份直覺，讓連薰予隱隱覺得不安。

這場婚禮似乎不僅僅是染血這麼簡單，披著染血婚紗的新娘、那柄遺留在他們車上的扇子，都讓她覺得——事情還未結束！

第四章

連衣服都沒氣力換，女人一進門就癱在沙發上，幾乎可以一秒睡去，隨後進門的丈夫脫去鞋子，沉重的嘆了一口氣。

妻子的父親傷重不治，其餘親屬尚在加護病房觀察，原本該是幸福的喜事成了喪事，蜜月必須延期，為了著手處理無緣丈人的後事，他們三天未曾闔眼了。

哭喊斥責都喊不出來，剛成為姻親的家屬們在醫院只能怨命運弄人，老婆的兄弟在走廊咆哮，但是他的父親也重傷昏迷，他們都不知道該怪誰了。

「要吃點東西嗎？」丁禮軍貼心的問。

未來怎麼樣他還不知道，但是，他們辦過婚宴也已登記了，就是夫妻。

「我只想睡覺。」呂元婷有氣無力的低喃。

事情發生後，除了處理事情外，他們其餘的話都沒說，原本應該是甜蜜準備行李，黏在一起到異國度蜜月，現在經手的卻是喪葬事宜，還是他的岳父。

「元婷。」他覺得他們之間還是該談談的。

呂元婷逕自起身，朝房間走去。「我現在什麼都不想談，我很累……我們睡起來再談好嗎？」

「好。」丁禮軍只能這麼說，但至少妻子的反應是平靜的。

他認識的元婷一直是理性派，這點也反映在這次的悲劇上，她沒有兄弟的怒不可遏，也沒有岳母的歇斯底里，就只是默默的陪伴與處理事情，甚至還會關心他那仍未脫離危險期的父親。

父親酒駕難辭其咎，弟弟回餐廳拿遺落的東西，就這麼幾分鐘的時間，也敵不過酒精使人迷糊；父親仍在昏迷中，只怕醒來也不會記得發生了什麼事。

呂元婷回到房間，她內心壓著大石，逼得她喘不過氣，牆上的紅色囍字顯得異常刺眼。父親躺在冰冷的屍櫃裡，拜別，將她的手交給丁禮軍的瞬間竟成了永恆。

痛苦的閉上眼，她不懂為什麼會發生這樣的事！為什麼會發生在她身上！

無力的跌坐在床緣，她知道不是禮軍的錯，開車的不是他，但是肇事的是他父親！她很難做到不遷怒！只是……哥哥已經氣到失控，她沒必要再火上加油，事情總是要解決。

更別說，他的父親也是重傷，醫生說情況不樂觀，如果他父親也撒手人寰了呢？大家該怎麼去精算這筆帳？

呂元婷甩著頭，她真的什麼都不想思考，她必須先睡一覺！對！

「元婷，我打杯果汁給妳喝好嗎？舒緩些？」丁禮軍探頭而入，「妳先去洗澡。」

「好，謝謝。」她點點頭，勉強起身拖著步伐往浴室去。

丁禮軍回身回到廚房，挪出了擱在一旁的果汁機，打杯果汁他還是行的，他們都因疲勞而口渴，冰箱裡有各式水果，冰冰涼涼再加碎冰，一定能讓身體得到舒緩。

細心的剝皮、切塊，水果丁全放進了果汁機裡，冰涼的紅色火龍果將果汁染成漂亮的玫瑰紫，他失神看著玫瑰紫的漩渦，至今還無法接受發生的事情。

他的爸爸，真的撞死了元婷的父親！為什麼是他們？為什麼會發生這種事！

沙……右後方聽見腳步聲，他趕緊故作精神，事情已發生，他希望與元婷之間，暫時不要如此黯然神傷！

「……我要加蜂蜜。」

嗯？丁禮軍有點愣住，他記得元婷不喜甜啊！

「妳確定……」朝右後回首想再確認，昏暗的廊上卻不見人影。「走得這麼快！」

既然元婷想加蜂蜜，那他就先將自己的倒出，她的再另加蜂蜜打勻吧！火龍果、奇異果、鳳梨，這每一樣其實都夠甜了，很意外元婷居然還想多加蜂蜜。

啊，也再來點碎冰好了。

兩公尺之遙的浴室裡，呂元婷正疲憊不堪的洗著臉，主臥室裡也有衛浴，但她不喜歡濕氣重，所以那間廁所不洗澡，他們都用外面的浴室。

浴室均採乾濕分離，這麼累其實該泡澡，但是她連泡澡的氣力都沒有，只想快點洗完就寢；進入角落淋浴區關上密閉的玻璃門，打開蓮蓬頭，讓水直接迎頭澆下，好不舒暢。

她是洗快速戰鬥澡，洗髮精抹出一堆泡沫，仰著頭雙手抓著，重重吐出一口氣——

『唉……』

嘆息聲自她身後傳來，呂元婷倏地僵直身子，手指還在盈滿泡沫的髮絲裡，淋浴間算得上寬敞，裸身的她身後也的確還有空間，門是在左手邊，再怎樣也不可能有人會進來……而她恍神到不自知吧？

還在思考，髮絲猛地被一股力道劃開——喝！

呂元婷瞬間轉身向後，背貼著一旁的牆壁，手朝後腦勺的頭髮摸去，剛剛有人抓了她的頭髮！

那感覺太清晰，像是有人的指尖在她的髮絲間滑過的拉扯感！熱氣依舊氤氳，這不及一公尺見方的天地裡就只有她，不可能有第二個人！

呂元婷抹去臉上的水，應該是心理過敏吧！人太累了才會精神不集中……對，一定是這樣！她再嘆了口氣，即使覺得是錯覺，但她卻再也無法自在的仰頭淋浴，而是背貼著牆，盡可能不希望背後有空間……有能塞下另一個人的空間。

越想越毛，她快速的沖澡，敏感到一雙眼即使進了水，仍舊不安的盯著那滿是霧氣的玻璃，就怕一回頭一閃神一抬睫，就會看到……什麼東西……

什麼東西！

「夠了！」她逕自搥了玻璃門，不要在那邊亂想！越想只會越毛！

關上水，毅然決然推開玻璃門，剛被封閉住的熱氣飄進了乾濕分離的浴室裡，成了一抹薄霧，她火速擦乾身子與濕髮，抓過浴袍一穿，站到雙人洗手台前準備刷牙。

瞄著起霧的鏡子，她自己的倒影若隱若現，卻沒有勇氣抹開它。

「幹！」她驀地低咒髒話，咬緊牙根一把抹開了鏡上的水霧——

鏡子裡是濕髮的她，肩上的半短髮正滴著水，臉色不甚好看，眼窩凹陷，黑眼圈重，滿布著象徵睡眠不足的血絲，除此之外，什麼都沒有。

隻手撐著鏡面低首，她真的需要好好睡一覺。

匆匆刷好牙後再抓過拭髮巾就要出去，讓丁禮軍快點洗，臨出去前沒忘記清理淋浴間排水口蓋的頭髮，轉身進入淋浴間拾起蓋上的頭髮……以指尖捻起時，她卻愣住了！

因為自排水口抓起的頭髮很長……越來越長，長到讓她發寒。

她的頭髮，僅僅只到肩上，而現在她的手都離蓋口快三十公分了，水管裡似乎依然還有長髮。呂元婷的指尖在顫抖，看著那不該存在的長髮，猶豫著是否要繼續拉出來，這根頭髮究竟能有多長？

才在想著，水管那頭竟猛然一拉，頭髮瞬間被扯緊！

「哇！」她嚇得鬆手，二話不說奪門而出！

慌亂的奔出浴室，直覺的朝前方的廚房那兒去，結果丁禮軍已經不在廚房，果汁機已清洗完畢擱在一邊。

「禮軍！」她慌亂的喊著老公的名字。

「嗯？」聲音自左邊的客廳傳來，丁禮軍放下杯子，聽出她聲音裡的緊張，立即趕了過來。

客廳與廚房間隔了座極具質感的書架，可以從方形空格裡瞧見彼此。

呂元婷直接往他身邊走，緊蹙的眉頭與發冷的手都在在說明了她的恐慌；丁禮軍握住她尚濕的手，瞧著她蒼白的臉色憂心忡忡。

「怎麼了？」心疼的撫上嬌妻濕漉漉的臉頰。

「我……我……」看著丁禮軍，呂元婷卻突然不知道該怎麼說了，剛剛的事太詭異了，會不會是錯覺？

再說了，結婚那天這麼多人進出他們家，也說不定是別人的頭髮……呂元婷噘了口口水，最終顫顫搖首。

「沒什麼。你快點去洗吧！」呂元婷白著臉，勉強擠出笑容。「洗完好早點休息。」

丁禮軍非常狐疑，因為元婷一直是個堅毅的女人，幾乎很少能見到她慌亂無措的樣子，絕對有問題。

「浴室裡有什麼嗎？」丁禮軍立即猜想，越過她的肩頭往後看去。「蟑螂？」

「啊……」呂元婷失聲而笑，「我不怕那個的，沒什麼，我神經敏感了些！太累了！快去洗吧。」

丁禮軍還是滿腹懷疑，元婷的確不怕蟑螂，想想好像她也沒什麼懼怕的昆蟲，但她的確是在懼怕什麼啊！

「好，果汁我放在冰箱裡，快點喝吧！」他拍拍她，轉身去房間拿換洗衣物。就讓他看看浴室裡究竟有什麼是能讓元婷害怕的東西吧？舉凡蜘蛛蟑螂那些她都沒在怕，他也很好奇什麼能嚇到她。

進浴室後他還梭巡一圈，倒是不見什麼蟲子，只留意到淋浴間排水口上覆滿的頭髮，還特地先撿了起來，以免等等他洗完頭會堵塞……看著揪起的長髮，他倒是有點狐疑，元婷的頭髮有這麼長嗎？

丁禮軍不疑有他，將頭髮放入馬桶裡沖掉，褪去衣服便進入淋浴間，他喜歡洗熱水澡，越熱越好，附加熱敷的效果，蒸得整間熱氣氤氳最是舒服，不管天氣多熱都一樣。

仰首讓熱水澆淋，耳邊陡然傳來一聲輕響。

嗯？順手抹了臉，聽起來有東西落入洗手台，他櫃子是關上的啊！

喀啦啦，這次聲音就明顯得多了，的確有東西接二連三掉了下來，丁禮軍正抹著頭髮，自霧氣中透過玻璃，瞧見了一抹身影。

「元婷？」他喚著，「刷牙喔？」

想到她剛喝完果汁可能進來刷牙，倒也合理；擠了洗面乳往臉上隨意沖洗，他還聽見了漱口杯在洗手槽裡滾動的聲響。

「太累了吧！」他忍不住笑了起來，真的是拿什麼掉什麼。

隨便沖洗完事，丁禮軍關上水龍頭，抽過毛巾先把一臉的水抹去，逕自推開了玻璃門。

「我說……」

熱氣散出，他自個兒的聲音在浴室裡迴盪，丁禮軍怔怔看著眼前除了他之外，空無一人的浴室，有幾分錯愕。

速度這麼快嗎？刷牙時間這麼短嗎？他狐疑的上前，看見他的洗手槽跌滿了東西——他的刮鬍刀、漱口水，甚至連電動牙刷全部都在水槽裡，所以他剛剛並沒有聽錯！

為什麼要這樣？他不解的看著一水槽的東西，元婷在拿他的東西出氣嗎？他當然能理解，因為她的父親死了，慘死在他父親的輪下，只是這樣小女孩的幼稚作風一點都不像她。

元婷是那種會嚴肅的叫你過去，面對面把話說清楚的類型。

默默的將東西歸位，連維他命也一同被掃了下來，這些東西都是放在鏡子後方的櫃子，丁禮軍嘆口氣，將物品歸位，將鏡子滑動關上。

他真的很累，但是等等出去他沒資格說什麼明天再談的廢話，理虧的是他們家，現在他與元婷要思考的是，這段連開始都還沒有的婚姻，究竟要不要結束？

抓過浴巾隨手圍上，頭髮任意抹兩圈就當擦乾了，順手就扔進一旁的簍子裡，轉身才準備出浴室，一陣匡啷匡啷聲嚇得他戛然止步！

叩咚匡啷，還有藥瓶滾動的聲音在回響，丁禮軍瞬間覺得背脊發涼，緩緩的回過頭去，那面本該關著的鏡櫃門又被打開了，裡頭的物品再度落下，他剛歸位的物品又全部掉在洗手槽裡。

沒有風，區區抽風機不可能有這麼大的力量，而且鏡櫃門已被推開了啊！為什麼會——他瞬間想到了呂元婷慘白的臉色，她剛剛是不是也感受到了什麼！

磅！一旁還滿是霧氣的淋浴間玻璃上，瞬間出現一個手掌印，狠狠的擊上玻璃！

「哇——」丁禮軍忍不住大叫，隨即奪門而出，還不忘把浴室門關上，踉蹌衝向了房間。

在房間的呂元婷當即跳了起來，拿著果汁往房門口衝。「禮軍！」

她才往門口去，就見到丁禮軍連拖鞋也沒穿的衝進來，還因為腳濕滑所以在門口打滑，及時扶住門框才沒摔倒！

見他慌張的神色，呂元婷心底有譜，但卻不敢問的即刻將食指放上唇，示意他噤聲。萬一果真有什麼，也不該讓「它」知道，他們發現「它」的存在。

「果汁好甜。」她緊捏著手裡的玻璃杯，壓下了顫抖。

丁禮軍明白她的意思，扣著門框站穩身子，依然在喘著氣。「妳說想加蜂蜜，我加了些。」

呂元婷怔然的瞅著他，嘴角不住微抽。「我不太吃甜……你知道的。」

「但我聽到妳說要加蜂蜜……」丁禮軍聲音變得很沉，他親耳聽見的，只是……是否是元婷的聲音，他竟無法確定了。

呂元婷喉頭緊窒，再度朝丈夫搖頭，這個話題不該繼續了！她走出門口，拉著丁禮軍與她一起前往廚房，隨手將杯子放在水槽裡，簡單漱了口，畢竟她現在怎麼會有踏進浴室的勇氣呢？

「沒關係，沒事的。」呂元婷對著自己喃喃說著，轉身突然到客廳的神龕前，朝神像拜了拜。

接著她捧起神像逕往房間裡去，看得丁禮軍一愣一愣的。

鄭重的將之擺在床頭櫃上，丁禮軍想起了自己也有些護身符，趕緊也去翻出來。

當初買這間屋子時，沒聽說是凶宅啊，結婚前他們就住在這裡了，根本沒有發生過什麼事啊！為什麼今天會……一切都是從他們結婚開始嗎？對，宴客那晚之後，好像什麼都變了！

「丁禮軍！」呂元婷哽咽的呼喚他，縮在床邊伸長了手。

丁禮軍關上房門還落了鎖，趕緊跳上床溫柔的擁過新婚妻子，前日的禍事只能當作暫時不存在，現在的他們要相互依靠，藉以取得勇氣

兩個人都換上了外出衣，不敢只是披件浴袍在家裡晃，以防止任何時候的意外。

床頭櫃上的神像給了他們些許安慰，燈也不敢熄，兩個人靠在床邊，緊緊相擁。

「妳相信詛咒嗎？」丁禮軍幽幽的問著。

「不太信……可是，這幾天發生的事快讓我崩潰了。」呂元婷忍不住落下淚水，偎進丁禮軍的胸膛。「一切都變了，這不是我想像的婚姻！」

她與丁禮軍雖在同一層樓工作，但很少碰面，一切都是緣分使然；一場大雨、濕透

的他們同時奔進電梯裡，發現彼此在同一層樓工作，爾後可以說是天雷勾動地火，她沒有想過自己會愛上這個男人，如此的激情。

丁禮軍的情史她隱約知道，但她不在乎，因為最後他是向她求婚，選擇與她共度一生，這就夠了，其餘她不過問！相對的丁禮軍也不曾問她的過去，他們要專注的是共同的未來，過去的事管這麼多做什麼？

就算他過去有幾十個女友，說穿了也不關她的事啊，難道一個人一輩子只能跟一個對象交往嗎？介意的人實在太無聊，她都不明白這種無聊的醋意從何而來。

至於他劈腿，也不是劈她，或許有過重疊的時光，但是回到原點，她才是妻子，她跟丁禮軍談過，所有事情都必須在婚前解決乾淨，婚後就不能這樣藕斷絲連了；丁禮軍大方應允，只是他需要一點時間，但婚前一定能徹底斬斷。

既然選擇了他，她也不想去懷疑，如果不信任的話，那又何必跟他在一起呢？

「我們是不是犯到什麼了？」丁禮軍說得心虛，因為在婚宴當晚，那闖進來的喪服女人，擺明就是一種詛咒。

是她嗎？小桃的死訊他早就知道了，但是當初分手兩個月了才說懷孕，這真的令他無法接受……而且他也從沒認真過，怎麼知道看起來很愛玩的小桃，對感情異常執著，甚至因此燒炭自殺！

剛剛浴室裡……該不會是小桃吧！小桃在作祟嗎？

「詹雲芸說我們可能犯禁忌了，畢竟婚宴上出了那種事。」呂元婷正在與閨密傳訊息，「是不是找人來看看？」

「這是一定要的，如果……我們兩個都不是幻覺的話。」丁禮軍又緊窒的嚥了口口水，那怎麼可能會是幻覺？

是誰叫他加蜂蜜的？突然掉落的東西，淋浴間裡的敲擊聲，那手掌印清晰可見，他們只是疲憊又不是嗑藥，幻覺不可能會這麼嚴重。

呂元婷驀地緊握著他的手，像是一種打氣。

「我們會一起度過的。」她堅定的說著。

「元婷……」丁禮軍滿心欣慰，元婷真的願意與他繼續！

激動的緊抱著呂元婷，即使他們不敢躺下，但連日的奔波早使他們精疲力盡，再恐懼再擔心也撐不住身體的疲勞，闔眼即睡，兩個人恩愛的相擁，沉沉睡去。

尚擱在客廳未歸還的婚紗掛在那兒，裙襬彷彿被人輕輕晃動似的，連頭紗都跟著舞動，細瘦的女人站在婚紗前，指尖撫過每一寸婚紗，這麼美的婚紗，本該是她獨有的……

回過身，神龕裡的蠟燭供品瞬間倒下，裸著腳的女人逕自走向了主臥室的門……門栓顫動，緩緩的向旁移開，上鎖的門也毫無阻礙，喀噠一聲便被轉了開。

咿……房門被推開，立即可見十點鐘方向，大床上相擁入眠的恩愛夫妻。

恩、愛、夫、妻。

『那是我的位子——』驀地一陣驚天動地的尖叫，呂元婷瞬間驚醒！

自沉睡突醒的她來不及反應，魂魄未歸位，只知道緊張的扣著丁禮軍的手臂。「禮軍……丁禮軍！」

丁禮軍也瞬間醒來，但一樣眼睛睜開了卻意識未明，茫然的看著周遭，想辨識身處哪裡之際，迷迷糊糊的看見了右前方那敞開的房門，半開的……嗯？

「門開了？」他驚異的吐出這麼一句。

咦？呂元婷瞬間渾身發冷，上鎖的門怎麼可能——唰！

電光石火間，他們倆蓋在身上的被子，陡然被一把扯了下床！

那真的是使勁扯的，力道來自靠房門的那個角落，唰啦一聲就扯下了床——「哇呀！」

顧不得其他，兩個人放聲尖叫，呂元婷率先跳下床就直接朝房外衝出去，丁禮軍嚇得說不出話，還在想門邊是不是有什麼東西時，呂元婷就已經奪門而出了！

「呂元婷！」丁禮軍太慌，一下床採到床角滑了個大跤，完全趕不上妻子。

丁禮軍跌得手掌下巴都疼，但這種時候腎上腺素大爆發，一撐地面就跳了起來，卻眼看著房門緩緩掩起！

「小桃！妳不能怪我！」丁禮軍脫口喊出了前女友的名字，「那是妳自己的選擇啊！我們已經分手了！」

聽見大門敞開的聲響，他知道呂元婷已經逃出去了，咬牙往前衝，在房門關起來前及時扣住了門緣，倉皇逃出！

衝過客廳時，那襲吊掛的白紗裙襬下竟染滿紅色的鮮血，在夜色下怵目驚心！逃命在即，丁禮軍顧不得其他，直往外衝時，聽見了房門傳來重重甩門聲，磅！

主臥室裡燈光明滅，梳妝鏡前浮現了蒼白的身影，女人拿起梳妝台上的梳子，輕柔為自己的長髮梳理。

『我才是新娘……我才是……』

燈光「啪」的滅去，同時間咚喀一聲響，床頭櫃上的神像倒了下。

※　※　※

夜已深，某間商務旅館倒是突然熱鬧起來，羅詠捷跳下機車後匆匆掛好安全帽，一身T恤牛仔褲的就往櫃檯衝。

「又是 203 的訪客？」值班人員不由得蹙眉，「他們是來開趴的嗎？」

看著電梯門關上，另一位人員只能聳肩。「203 也是剛剛才到的，感覺好像出了什麼大事！」

「還是留心一點，有狀況隨時報警吧！」哪有才入住不到一小時，就已經有四、五位訪客的人啦！

但是話說回來，203 那對男女入住時臉色超蒼白，看起來像是被鬼追似的。

「冷靜點，冷靜！」詹雲芸不停的安慰呂元婷，電鈴聲突然響起。「哇！」

呂元婷瞥了她一眼，叫她冷靜的人還不是草木皆兵。

「應該是羅詠捷！」另一個伴娘趕緊上前開門。

「怎麼回事啦！為什麼半夜發那種訊息！」羅詠捷一衝進來就問，「出事了，出什麼事？」

「不要急，大家都先冷靜！」詹雲芸無奈的說著，「等大家都到了再說！託妳買的宵夜呢？」

「我讓蔣逸文買了，他等等就到。」羅詠捷說得稀鬆平常，呂元婷等人莫不瞇了眼。

「蔣逸文……妳也叫他來喔？」戴恩璇挑了眉，若有所指。

「嗯？怎麼了嗎？」羅詠捷還一副理所當然。

「你們還沒要在一起嗎？」連呂元婷都覺得奇怪，「都這種地步了！」

羅詠捷一怔，立即滿臉通紅。「說什麼啦，就……就同事嘛！朋友……」她說得尷尬，咬著唇難以回應，跟蔣逸文之間就、就那樣嘛！他們就是很好的同事，很好的朋友，然後……哎唷！

「我以為他們在交往？」丁禮軍一臉錯愕，「結果沒有？」籌辦婚禮過程中，羅詠捷協助了他們許多，丁禮軍自然認得他們，怎麼看都是在交往的模樣啊。

「不要講我了啦！」羅詠捷抿著唇，她跟蔣逸文之間很難解釋啦！大家都沒有要跨出那一步，啊不然咧！

再過五分鐘，身負重任但不情願的蔣逸文終於來了，帶來一些食物，是詹雲芸指定要給新婚夫妻壓壓驚的；他們兩個離開家後就直衝旅館，一邊打電話發訊息求救，首要自然是找閨密伴娘們求助。

詹雲芸是從國中時代就認識的閨密，戴恩璇則是高中，丁禮軍也找了公司同事兼麻吉的小馬過來，接著想到羅詠捷見多識廣，熱心助人，蔣逸文倒是意外的訪客。

人到齊後他們才說出家裡發生的事。

「可是……我那天在你家沒感受到什麼啊？」戴恩璇渾然不知，「你們之前不就住在那邊了？」

「對啊，你那邊買兩年了，之前有這樣嗎？」小馬才覺得莫名其妙。

「都沒有！所以，我們才會覺得可怕，這就像是突然間出現的！」丁禮軍一彈指，

「婚禮之後，什麼都變了。」

啊……蔣逸文登時想起了鬧場的女人，燒炭自殺的前女友之姊。

「還有不屬於我的長髮在排水口上。」呂元婷痛苦的說著，「我拉起頭髮時，水管裡彷彿有另一個人在與我拔河般的扯著那根髮。」

「水管裡有人嗎？別鬧了！」詹雲芸搓了搓手臂，「櫃子推開，東西掉下來這個也很不妙，但也太離奇……」

「我才回頭，浴室裡又只有我一個人，」丁禮軍也不想相信啊，問題那就是真實存在的詭異狀況。「剛剛我衝出家門時，我親眼看見婚紗下襬都染紅了！」

「新娘……是不是那個為你自殺的？」蔣逸文忍不住問出口，「我看見遺照裡是長頭髮，跟呂元婷不一樣的長度！」

呂元婷緊揪著被子，還是看向了丁禮軍。

這點她當然心中有底，但是突然要她相信這種怪力亂神的事，還是難以承受。

「會是……鬼嗎？」她咬著牙，痛苦的一字字說著。

「很有可能啊……畢竟那個女生是為情自殺，丁禮軍又提到婚紗……」羅詠捷蹙起了眉，「這像是婚禮的禁忌。」

啪，詹雲芸擊了掌，「看吧！我就說了，是不是婚禮哪裡沒做好？」

「能犯什麼禁忌？而且這麼嚴重？」呂元婷大感不可思議的抓著閨密的衣服，「難道連我爸出事都是……」

提到她父親的死，丁禮軍就是一陣愧疚。

蔣逸文瞄了新郎，說到底就是他啊！不管是前女友，或是肇事撞人的他父親，蘇大哥說得對，就是人禍！

「婚禮穿黑服是禁忌，對方還撒冥紙，你們再想一下整個過程中有沒有什麼犯忌的事！」羅詠捷異常認真，「我鄰居只因為入厝前先過夜之類的一點點小事沒做好，我們那社區就死了好多人！」

「啊……就上次那個社區凶殺案嗎？還有一對母女無辜的在電梯裡被殺掉？好像死了十幾個！」呂元婷記得很清楚，當時羅詠捷請了假，回來也說了好多。

羅詠捷與蔣逸文點頭如搗蒜，「電梯的事件也是啊，記得主管嗎？還有失蹤的同事？」

蔣逸文這一刀下去，現場氣氛簡直降到冰點了，以前呂元婷從沒聽進去，當作怪談或是八卦，但是剛剛自己才歷經一切，很難不相信。

「在說什麼？」詹雲芸跟戴恩璇都不是同一間公司的，自然摸不著頭緒。

「我知道，同一層樓我也聽過，所以那時你們怎麼解決的？」丁禮軍緊張的看向羅詠捷。

怎麼解決的？羅詠捷脫口就要說出連薰予的名字時，蔣逸文驀地扯扯她的手，明白的示意她噤聲！

咦？她錯愕回首，「怎麼？」

「先不要說，我們沒經過她允許。」蔣逸文皺眉壓低聲音，直接搖頭。

這一搖頭，讓呂元婷跟丁禮軍都緊張起來了。

「為什麼不能說？」丁禮軍忍不住微慍，「都什麼時候了，不幫我們嗎？」

「不是不幫，但是我們要尊重對方，對方如果不願意出手，總不能逼她吧？」蔣逸文連忙把羅詠捷往外拖，「給我們點時間。」

呂元婷也不爽的皺起眉，抓過手機開始發訊息。

「我就不信全天下只有一個人有辦法！我就問……我們這要找什麼師父？」她抓著詹雲芸問。

「風水師？或是驅鬼的？」詹雲芸跟著拿起手機，「我們一起找，說不定有人有認識的就好辦了。」

「我有朋友也有遇過一些師父，我們都問問！」小馬也積極起來。

「這個要找真的厲害的，有經驗值的吧？」戴恩璇撫著胸口，「是說犯個禁忌會有這麼大的事，真有點難以置信！」

「等妳睡到一半，被子被硬生生的扯下時就知道了！」丁禮軍已經開不起玩笑了，朝著房門瞥一眼。「元婷，妳的好同事。」

呂元婷撇嘴，本以為羅詠捷可以用得上，結果緊要關頭居然……「真令人失望！」

詹雲芸為難的回頭看著房門外，只能拍拍呂元婷。「蔣逸文說得也有道理，總是得經過當事者同意。」

「搞得像全國只有一個師父有辦法，我就不信了。」呂元婷深吸了一口氣，開始廣發訊息，希望大家介紹真的有本事的師父。

而門外的羅詠捷，眉頭深鎖的緊握飽拳，正聽著蔣逸文講大道理。

「妳不要生氣，妳明白我在講什麼嗎？」蔣逸文好說歹說，而她眉頭卻越皺越緊。

「就是聽得懂才不太爽。」羅詠捷撇過了頭，「我覺得小薰來一定立刻就知道。」

「明知道小薰他們一直想閃這些事，是不是給他們一些空間？」蔣逸文柔聲的勸說，「退一萬步來說，小薰從不想讓別人知道她直覺強這件事對吧？」

至此，羅詠捷才略鬆手。

是啊，她一直都明白連薰予的心理，但是……「但她最近變積極了不是？覺得可以助人？」

「對，沒錯！那我們可以轉告她這件事，要不要幫忙……讓她自己決定？」

羅詠捷轉了轉眼珠子，終於微笑的點了頭，眉頭也舒展開。

「好，我等等就傳訊息給她，然後——」她指向裡面，「你說他們是怎麼回事啊？婚禮那天我從頭陪到尾，什麼都好好的啊。」

蔣逸文只得聳肩，他也從頭跟到尾啊，就沒看到什麼不妥，直到婚宴當晚——

「說不定最後只要新郎好好跟那位自殺前女友道歉就好了。」他壓低了聲音，「婚紗染血，這感覺好明顯，一種新娘該是我的意思吧。」

羅詠捷忍不住扯了嘴角，「人禍啊！」

第五章

婚禮習俗：拜別哭越大聲越好，黑傘、米篩遮頭，新娘不能踩到門檻，迎娶車隊要放鞭炮，新人、賓客進新房，不能坐上新床、姑、嫂迴避不能相送，孕婦不宜參觀新房，小男孩陪新郎睡新床，服喪、有喜事之人避免出席喜宴，農曆七月忌結婚，不可搧扇子，婚紗不能有口袋，婚紗忌重穿，要全新，屬虎忌觀禮，新房鏡子四個月內忌照人，喜宴結束不可以說再見……

羅詠捷列出清單，然後一個一個刪除，有新秘、婚顧公司，還有媒婆，照理說再怎樣都不可能會出什麼大事；儘管禁忌一詞在社會中行之有年，但多半是走個形式罷了，沒人想過會發生什麼事。

但、是，單純因為入厝前就先睡過夜、入厝當天吵架、沒有確實把錢放在抽屜裡、刀具先搬進家……就死了十幾個人；鬼月在屋外晾衣服，到底現在誰會晾在屋內啦？但偏偏就是有人出事了。

連薰予那個迷信姊姊說得對，禁忌絕非空穴來風，不管流傳的有幾百種，只要有一種是對的，遇到就麻煩了。

就像之前發生過的事情，都是「天時地利鬼和」的狀況，剛好有亡靈或是惡鬼潛伏、恰好某人犯個禁忌為它們打開大門，事件便會一發不可收拾。

總是有機可乘，更別說是婚禮的禁忌列出來都能印好幾張A4紙的大事了。

透過介紹，小馬有朋友認識一位據說很靈的師父，出現時果然一襲灰色中山裝，一副仙風道骨的模樣，服裝讓專業度加乘。

今天適逢週六，所有人都義氣相挺的陪新人回到他們的住處，師父姓方，一下車往樓上看便緊蹙眉心，低喃著說：「不好，不好。」

搖頭搖個沒完，加之以眉頭深鎖，揪得新人們一顆心都要爆了。

「方師父，那我們……」來到門口時，丁禮軍緊張的開口，只見師父手一舉，示意他噤聲。

「搞不好師父跟小薰一樣，什麼都不必說就知道了！」羅詠捷害怕的扯著蔣逸文的袖子用氣音說著。

蔣逸文倒是存疑，淡淡的回首說了句：「是喔。」

丁禮軍家木門沒關，鐵門倒關上了，這點真值得表揚，逃命時居然還沒忘記關門，習慣真是好；剛進社區主委就來說，鄰居發現他們家門忘了關，按過幾次門鈴都沒回應，只好反映給管理員。

因為，「就明明聽到裡面有聲音啊！」

這句話讓呂元婷心涼了半截，除了他們外，有備用鑰匙的只有閨密她們，也僅是為了準備婚禮暫時拿著，裡面那個聲音是「誰」？

「開門。」師父退後一步，喝令開門。

開……丁禮軍嚥了口口水，儘管手抖個不停，鑰匙孔插半天也對不準，還是鼓起勇氣上前轉開了門，一轉開，便如逃命似的大跳後退。

方師父道具齊全，看起來煞有其事，手掌擱著一羅盤，身上斜揹著一個牛皮袋，踏入丁家時相當謹慎，手不停比劃著結印似的手勢；在他身後自然是新人，丁禮軍在前，呂元婷緊跟在後，再後頭兩位伴娘緊抱著彼此不知該如何是好，最後竟是小馬一馬當先跟著進屋。

壓後的是羅詠捷跟蔣逸文，其實蔣逸文本來想天亮就走，因為他不太爽呂元婷的態度，還不是因為羅詠捷熱情過度才看不出來，在他們表明不能找「認識的人」後，呂元婷的態度冷淡超多。

一開始他就覺得她是利用羅詠捷居多，但那傢伙一頭熱，彷彿在辦自己婚禮似的用心……咳！思及此，蔣逸文莫名其妙自個兒紅了臉。

師父一進門，先是神桌上亂倒的物品就令人不安，接著是客廳掛的那件婚紗，依然潔白無瑕，呂元婷即刻不解的看向丁禮軍。

「我昨天跑出去時真的下襬都是血！」丁禮軍連忙澄清，「紅血染白紗，我就算色盲也看得出來好嗎？」

「哎唷，越說越可怕！」詹雲芸打量了那件白紗，「問題是現在就乾乾淨淨的啊。」

「噓！」師父示意大家不要出聲，手上的羅盤似乎指著各種不同方向，讓他忽左忽右的踩著。

基本上往右也沒什麼空間，右邊就是陽台，可是師父好像在尋找著什麼……他猛地停頓下來，還用力跺了幾下腳，嚇得伴娘同時倒抽了一口氣。

師父神情凝重的指向房子的東北，但指頭又拐了個彎，丁禮軍家門是開在西南角，進屋後右邊就是陽台，空間多落在左邊；所以一進屋便見小玄關與左右兩個鞋櫃組成的換鞋空間，客廳往左看，以一座書架隔出廚房餐廳。

方師父指頭指的拐彎，便是進廚房時那兒往右拐的小廊，短廊一路直向主臥室，斜對面是書房，隔壁則是更衣間，以及最底的浴室。

還有一間儲物間，是在廚房的另一端，也就是與浴室遙遙相對的一個半坪大小的房間。

「浴室，就是……那間浴室。」呂元婷回應著師父，她開始覺得有希望，因為師父的羅盤的確指著那個方位。

「這個，我放在這裡。」師父從懷裡掏出另一個小羅盤，就擱在左手邊的鞋櫃上。「一旦指針開始迅速轉動，就表示有好兄弟來了，它會指引出方向。」

「啊？」小馬一陣錯愕，「可以不要知道嗎？」指向他豈不是嚇死人？

「說什麼啊，知道的話好閃啊！」戴恩璇嘖了一聲，心裡暗自抱怨，那什麼心態！

嗯，蔣逸文攔下一直想擠上前的羅詠捷，他覺得還是處在一個進可攻，退可守的位置較佳，萬一有事至少可以率先衝下……樓；他回頭看了一下最近的電梯，十七樓實在不是個很理想的樓層，要是有事，他可不想搭電梯。

刻意橫著手擋住門，讓羅詠捷只能攀著他的手臂往裡探，不管她多努力想進去，他就更努力把她往外推，一個原則：羅詠捷不能進屋。

方師父步伐奇異，往裡頭走了進去。

「所以真的有耶！」戴恩璇喃喃。

「有，很厲。」方師父聽力靈敏的聽見了，回應從容。「而且不是隨機，怨氣很重！」

呂元婷終於瞪向了丁禮軍，怨氣很重，除了小桃還能有誰？

「可是之前沒有……不是！她離世一陣子了啊！」丁禮軍趕忙解釋，「幾個月前就走的人，怎麼會現在才……」

「有時候只是在等待機會！魍魎鬼魅也不是這麼輕易想作祟就作祟的！」方師父環顧了四周，「處處是空隙啊！」

空隙？師父指的應該不是說他家是海砂屋之類的吧？

「所以真的是犯了什麼禁忌。」羅詠捷盡可能平和的說著，但誰都聽得出來潛台詞是：我說了吧！

「是那個女人？」詹雲芸當然第一時間想到小桃的姊姊，「穿黑衣撒冥紙，就會發生這麼嚴重的事？」

「這樣亂別人不是太容易了？」戴恩璇不以為然。

「嗯……」羅詠捷也歪著頭，「照理說是沒那麼簡單，總是有個前因後果跟必要的條件！前因就是——」

她收了音，視線落在丁禮軍身上，不說自明。

呂元婷也不可能無視，與丁禮軍商量著。「你應該去問一下她的現況了。」

「什麼狀況？」丁禮軍無奈極了，「妳不會要我去上香？」

呂元婷瞪大了眼，一副「不然呢」的態度。

「你應該要去啊，好好跟人家溝通道歉什麼的都行！」呂元婷不悅的逼上前一步，「我們以後的生活還要不要過啊！要不是我去她可能會抓狂，我就去！」

丁禮軍翻個白眼，元婷有沒有想過，他真的去看小桃，只怕會先被他們家人打出來啊！

「你怕什麼？這不就是欺騙人感情要付出的代價嗎？」詹雲芸尖銳的批判著，「如果跟別人在一起，就該先把上一段解決乾淨不是嗎？」

呂元婷呼吸大聲了點，深吸口氣瞪向丁禮軍。

「我哪知道她是認真的？我沒說我們在交往耶，這也太不公平了！」丁禮軍還一臉不耐煩，「大家都這樣以為我怎麼辦？」

「喂，單純的人就不要碰啊！」戴恩璇不高興的雙手抱胸，「你每個都這樣玩，玩出人命了吧？」

「還差點一屍兩命。」蔣逸文冷冷的補充。

丁禮軍臉色陣青陣白，不想向他們辯解，只在意呂元婷的態度；不得不說他妻子真的心胸寬大，從婚宴開始就是如此，即使事情到了現在這詭異的地步，她還是沒有對丈夫口出惡言。

「對方怎麼想我們管不了，不過如果她執著，你就好好去道個歉。」呂元婷略握了握拳，「有的女人只要聽幾句好話就會開心了吧！」

戴恩璇有些吃驚，「元婷，妳怎麼就……就會對這種人著魔呢？之前我就跟妳說過，他名聲不太好……」

「我們選擇了彼此，我相信他。」呂元婷朝伴娘們聳了聳肩，「反正我現在才是丁太太不是嗎？」

管他情史多豐富，之前有多少個女人，她才是丁太太。

至於以後，丁禮軍要是敢再出軌，她也不會輕易放過他了。

「我很愛元婷，我真的不會再找別的女人了！」丁禮軍看向後方，「我知道妳們都不相信我，我前科累累，但是我對元婷的心……蒼天可表。」

哼！詹雲芸從鼻孔的哼氣太明顯，氣氛瞬間冰冷。

呂元婷倒是不客氣的斂起笑容，斜眼睨向了閨密。「我的婚姻與愛情，輪不到妳們來質疑。」

詹雲芸一聽不爽的就要趨前，氣氛瞬間劍拔弩張，羅詠捷都不知道怎麼一秒變化的，但戴恩璇趕緊拽住了詹雲芸，勸她不要這樣！元婷說得沒錯啊，她的婚姻，她們插什麼嘴？

是好是壞，也都是她個人承擔不是？

清脆的玻璃聲瞬間吸引了大家的注意，所有人不約而同的往該是廁所的方向看，那裡傳來一種詭異的拖曳聲，是玻璃在地上拖的聲響。

「師父？」丁禮軍擔心的大喊，什麼東西破了？剛沒聽見東西破掉的聲音啊！

「別過來！」方師父朗聲大吼，臉色凝重的站在浴室門口。

這一喝，讓丁禮軍跨出的腳步又收了回來，呂元婷趕忙拉了他向後，大家還是乖乖聚在大門口，等師父下一步指示比較妥當。

「不好，不好……」方師父看著滿目瘡痍的浴室，一時之間不知道該怎麼走才好。

推開門掃到的是碎裂的玻璃，源自炸裂的淋浴間，淋浴間的門敞開著，但另一半的玻璃牆卻已經破裂，上半部全掉落在地，滿布整個淋浴間內外、這也就是為什麼師父剛剛推開浴室門時，會跟著推開了卡在後面的玻璃碎片。

剩下下半部依然黏在地上與牆上，斷裂出曲折鋸齒，是尖銳的玻璃山。

兩個洗手台，靠左的乾淨整齊，靠右的堆滿物品，上方鏡櫃後的物品都被撥下，也有掉落在地的，不過兩面鏡子都已被敲裂，銀色碎片也是四處散布。

手上的羅盤顯示有東西在這裡，他可以感受到對方強大的恨意。

「妳不該在人間徘徊！是否有什麼心願未了？」師父嚴肅的對著最裡頭的浴缸說著，「妳已經離世了，知道嗎？」

唰啦啦，浴簾無風自動，從封閉的狀態緩速拉開，位置在近浴缸的下方，像是有人坐在那兒，將簾子緩緩拉開。

師父口中唸唸有詞，收手入背包裡沾取了某種灰，舉起就朝右眼一抹，凌厲的睜開雙眼——啊啊！

「走！拿走！」緊張的聲音突然傳出，緊接著師父出現在客廳與廚房的交界。「把那套婚紗拿走，拿去燒掉！」

咦？呂元婷跟丁禮軍錯愕的上前，「燒掉？這不是我們的啊，這是租來的！」還得還給婚紗公司咧！

「燒掉！她的執著都在婚紗上，最好把你們屋內所有跟新婚喜慶有關的東西都拿走！」方師父伸出手，還想指些什麼。「然後——」

唰！師父瞬間消失在大家眼前！

眾人完全呆愣，方師父話都沒說完，手才剛舉起，看不見的短廊那兒就有股力量將他倏地扯離，一秒就不見了！

磅！巨大的關門聲讓所有人都嚇得顫動身子，沒人出得了聲，他們沒聽見師父的叫聲，卻可以聽見遠方物品掉落聲此起彼落，還有匪夷所思的碰撞聲。

砰——磅——乒、——一陣陣的撞擊帶著種詭異的悶哼聲，方師父卻連慘叫都無法發出，他瘦小的身軀被一股無形的力量牽引，像繫在繩上的彈力球似的，不停在浴室裡被摔來撞去！

背面才被甩上牆，一口氣都來不及吐，下一秒又被拉到洗手槽上的鏡子前，迎面重重砸上，反作用力讓他重摔上洗手槽、先撞擊水龍頭跟裡面的物品後，再摔上地！

只是才剛落地，那股力量又即刻將他提起，重重拋進了浴缸裡。

他被摔得頭破血流，骨頭盡裂，若不是咬緊牙關，只怕舌頭早就被自己咬斷了，癱在浴缸裡喘息不到一秒，那股力量再度將他拽出浴缸，騰空飛過整間浴室，直接扔進了淋浴間。

那只剩半面玻璃牆的淋浴間。

剎——方師父這次終於沒有落地了，因為他掉落在剩餘的半面玻璃上，身子仰躺的插入碎裂尖銳的玻璃裡，他甚至可以看見穿過他身體而出的血紅玻璃……滿布血絲的雙眼看著天花板、看著蓮蓬頭，還有那從天而降的柔軟長髮。

『我，才是新娘。』女人的聲音幽幽，帶著忿忿不平。

師父什麼都說不出，感受血液倒流淋上自己的身子，終於得以吐出一口氣……

「呼……」

最後一口氣。

聲音停了，一切趨於平靜，讓遠在大門口的眾人不由得面面相覷，羅詠捷已經縮在蔣逸文背後，剛剛那些是什麼聲音啊？

「聽起來好像打架喔。」她小小聲的反映，「師父在跟誰打架嗎？」

小馬憂心的趨前，人是他找來的啊。

「師父？方師父？」他大膽的往裡走，「師父您怎麼了？出個聲吧？」

小馬！丁禮軍也跟著上前，總不能讓朋友一個人去吧？呂元婷退後，三個女孩抱在一起，氣氛緊繃得很。

浴室的門半掩著，露出一道小縫，師父始終沒有回應，但是卻傳來奇怪的滴水聲……

滴答……滴……滴……

「不太對啊！」小馬心臟都快停了，「師父！別嚇我們啊！」

他腳步緩了下來，丁禮軍是屋子的主人，硬著頭皮也只得往前……啊，他突然想到可以運用道具，臨時到廚房邊拿了掃把充當武器，如此便可以遠遠的先把那半掩的浴室門頂開……

咿……門軸聲所有人都聽得見，聽起來好像是應該上點油了。

「這種等待太讓人煎熬了！」呂元婷沒耐性的想跟著趨前，戴恩璇趕忙拉住她！這時候逞什麼勇啦！已經有兩個人去就好了啊！

這時，有某些動靜引起了詹雲芸的注意，她的眼角不由得瞄向了剛剛師父置放在左側鞋櫃上的羅盤……指針劇烈晃動，而且是毫無章法的左右來回亂轉！

「那個……」她拍了拍其他人，「那指針轉成這樣不奇怪嗎？」

什麼？經她一說，所有人把視線放到羅盤上，蔣逸文看了不由得倒抽一口氣，這哪是亂晃而已，那指針根本已經快變螺旋槳了吧！

浴室前，掃把已經推開了浴室門，不必走近他們也能看見插在淋浴間半空中的方師父，鮮血從他的身上倒流而下，匯集於地上，才會傳出那種詭異的滴答聲！

「哇啊啊——」丁禮軍跟小馬同時大叫，嚇得轉身衝出來！

「呀——」他們一叫，外面的女人們也跟著放聲尖叫，這種氣氛亂尖叫都會感染的好嗎！

「怎麼了？不要鬼吼鬼叫！」反而還是呂元婷霸氣十足，「師父呢！」

「死了！死了——」丁禮軍激動的大喊，「我們的淋浴間玻璃破掉，他人就插在上面！」

咦？所有人嚇得傻住，死了？剛剛那個仙風道骨看起來很厲害的師父……就這樣死了？

「為什麼？好端端的怎麼會——」詹雲芸一驚，想起剛剛的碰撞聲。「摔倒嗎？」

「那他也摔太久了吧？」蔣逸文朝著丁禮軍招手，「你們快過來，羅盤不對勁……」

「慢下來了！」羅詠捷攀著他的肩頭往裡看，指針開始看得見形狀，正在減速中。

師父說過，指向哪邊的話……就代表好兄弟出現在——唰，指針戛然停止，就指向沙發旁、正前方的婚紗！

「血——」詹雲芸也瞧見了，婚紗裙襬竟開始出現紅血，是由下而上的漫延，彷彿裙襬正在吸收著鮮血，一層一層的往上漫開！

所有人都愣住了，他們什麼都瞧不見，但那羅盤的指針卻僵硬的指向正前方，紋絲不動！

蔣逸文動作很輕的往後，將羅詠捷由自己身上推開，身後的手擺動著，走啊！現在就下樓！

羅詠捷也很識相，畢竟有過經驗，放輕腳步與動作，緩步的後退，不驚動任何人或非人……接著蔣逸文伸長手，想就近拉過貼在門把邊發傻的戴恩璇，她們正看著婚紗的血逐漸升高……再升高。

突然，指針移動，朝右方轉動，指向了丁禮軍！

「走！她過來了！」蔣逸文驀地大吼，猛然拉住就近的戴恩璇就往外扯！

「哇啊！」丁禮軍跟小馬嚇得直往門口衝，下一秒他們身旁電視上的擺飾品全數掉落，彷彿印證了蔣逸文的話！

所有人嚇得連滾帶爬的衝出新人居所，沒人敢坐電梯，直到聽見大門重重關上，發出的聲響還迴盪在樓梯間才勉強放緩腳步。

羅詠捷邊跑邊哭著回頭，「可以、可以找小薰了吧！可以吵她了嗎？」

小薰啊啊啊！

※　※　※

嗯？女人的手一顫，原子筆竟莫名自指間滑落。

「小姐？」對面的太太愣了一秒，好端端的怎麼筆突然滑出手裡了，她都要簽名了呢。「還有什麼問題嗎？」

「咦？嗯……」連薰予眨了眨眼，剛剛心緒一緊，有什麼事發生了。

她抬頭看向站在身邊的男人，就連蘇皓靖也遙望遠方，他亦感應到什麼了！

這奇怪的場面讓太太尷尬，都已經說好要簽約了，這秀麗小姐才準備簽名，筆好奇怪的滑下，神情看起來也像出神似的，這是怎麼回事？難得遇到乾脆的房客，看房子不到十分鐘就確定的啊，難道反悔了嗎？

「其實我們不急，你們可以多去看幾間！」房東太太委婉的說，她本來就沒想強迫他們。

「啊，不，就這間。」蘇皓靖回過神，長指在契約上敲了敲。「妳先簽吧，房東太太，我們等等轉帳。」

「啊，好……好！」連薰予有些不安，深呼吸之後，重新拾起筆，看著契約卻猶豫躊躇。

「妳還在掙扎？」蘇皓靖語帶不悅。

「我不知道搬出來住會怎樣，我也還沒跟姊姊說……」她一直在看房子，卻一直下不了決心，就是因為如此，難以下決定。

「等搬出來妳就知道了！不必在這裡揣測，先行動吧！」蘇皓靖按捺住性子，「我是考慮過妳搬去我那裡，但就怕妳還沒準備好。」

什……什麼東西！連薰予身子僵硬，兩眼發直的看向他，這是哪門子大膽的提議啦！

房東太太咯咯笑了起來，公開放閃啊這小倆口。

連薰予滿臉通紅的趕緊簽名，蘇皓靖在說什麼鬼話，那是……同居邀請嗎？問題是他們兩個連情侶都不算是吧？他怎麼可以這麼從容？不愧是花心大少！

蓋完章的那刻，連薰予還是有幾分後悔，想著要搬離姊姊家，真的是她人生中最痛苦的選擇之一。

「好好，那就這樣定了，看什麼時候要搬進來再跟我說。」房東太太樂呵呵的收起合約。

「一個月內吧，會再通知您。」蘇皓靖擅自作主，連薰予也只能嘆氣。

她都還沒跟姊姊說，這傢伙倒是乾脆，要不是因為這房子好，他們都不想夜長夢多，才會急著先簽再說。

禮貌的與房東太太道別，一出公寓連薰予便拿出可能響了好幾百輪的手機。

「羅詠捷他們那邊有狀況了！」這就是她剛剛一秒失神的原因，好像聽見羅詠捷在叫她……很無助的那種叫喚。

「嗯，我也感覺到了，有個人插在玻璃上？」蘇皓靖搖了搖頭，「應該是死透了。」

「事情怎麼會越來越糟？從婚宴那天開始就一直發生不幸的事，我聽說呂元婷那兩個昏迷的親戚都還沒醒。」連薰予輕輕嘆息，「誰能想到只是站在外面聊天，也會遭此橫禍……」

區區一場車禍，那天就在婚宴現場的他們為什麼沒有感覺到？一小時後去吃宵夜，他們卻能清楚感受到停在那個車位會被撞？

吃完宵夜時的確看見警察，事故確實發生。

「蘇皓靖。」連薰予突然拉住了他，「婚禮那天，你知道丁禮軍的父親會撞死呂元婷的父親嗎？」

「不知道，我只知道那是場不被祝福的婚禮，所有的氛圍氣息都是惡意的。」蘇皓靖困惑的看著她，「為什麼會問——」

瞬間，他懂了她的問題。

因為車禍甚至帶有人命這種大事，他們一般都是能感應到，更別說事發當下他們就在外頭廊下，距離如此近，直覺該會更強烈，如此才可以預防。

「對吧，我們兩個那天都在現場、我們在一起……我們甚至還挽著手！」

但那天卻什麼都沒有看到！

上一次這種現象，是高速公路上的車禍，他們的第六感被封閉，差一點點就發生重大車禍。

「又被遮蔽了嗎？」蘇皓靖嚴陣以待。

又，這個字讓連薰予覺得不安。「為什麼？你的說法像是有人有辦法遮去我們的直覺。」

蘇皓靖看著她，並不想跟她說，曾有張紙條夾在他雨刷上的事。

在黑暗中有那麼個人，或許是複數，但有能力屏蔽他們的直覺，並加以威脅；其實沒有直覺他無所謂，他跟連薰予的人生還能因此更加輕鬆，但這個前提必須在「沒有人要陷害他們」之下。

上次車禍擺明了就是要害他們受傷甚至死亡，才阻礙了他們的第六感，在這種明知有人要相害的情況下，他當然不會希望自己的第六感消失。

「我——天哪！」蘇皓靖表情變得厭惡，「我真的覺得他很煩！」

連薰予無奈的看著手機，五秒後手機亮了起來，來電的人是阿瑋。

「阿瑋，怎麼了？」她好氣又好笑，有阿瑋在的地方通常都沒好事。

電話那頭的背景音非常吵，聽得出來阿瑋人應該是在大馬路邊，車水馬龍。『喂？小薰！小薰……妳在哪啊？』

「我在AC區看房子……啊！」話自然就脫口而出。

『看房子？妳要搬出去喔？』阿瑋倒不驚奇，『我是想問妳能不能聯絡到那天結婚的新人？就妳同事那場。』

「丁呂嗎？怎麼了，你可以直接聯繫他們啊。」

『就沒人接啊，我有打給那個羅詠捷也一樣，都沒人回應。』阿瑋聲音聽起來很苦惱，『他們有尾款沒付清，那天因為有意外，大家一忙就忘了，現在我被派來收這筆錢。』

尾款啊……

「你不是在廚房幫忙嗎？為什麼會被派去收錢？」

『啊……我哪知道……』果然很無辜，『我主管說看見我那天跟你們很熟還打果汁給你們喝，就想說我一定認識新人，大家就把這件事丟給我了。』

一旁的蘇皓靖完全不需要聽電話內容，冷眼一瞪。「衰事不找他找誰？」

連薰予只能無奈笑笑，「我現在就要去找羅詠捷，我傳地址給你吧。」

『啊？我是想找丁禮軍啦。畢竟他們才是新人。』

「大家現在都在一起。」連薰予沒問，但是她就是知道所有人都在一起。

丁禮軍、呂元婷，羅詠捷、蔣逸文，還有那天的伴娘，他們都在樓梯間尖叫著往下衝，還有一件染血的婚紗，在黑暗中依然白得發亮，也紅得豔麗。

掛上電話，手機裡十幾通未接來電都是羅詠捷，還有現在的位置。

「又要管閒事了？」蘇皓靖口吻裡帶著萬般無奈。

「一個我同事，一個你同事，我們多點愛心好嗎？」連薰予只是笑看著他，他根本就已經往車子的地方移動了。

「事情不太對勁啊，我們沒有及時感覺到車禍，剛剛對於羅詠捷那邊發生的事好像也慢半拍……」蘇皓靖藏在話裡更多的情緒是不爽。

一種直覺被控制、卻在他們身邊殺人放火的厭惡感。

「至少知道出事，也出了人命，染血的婚禮與婚紗，那天纏在婚紗下的女孩大概不甘心就此放手。」她瞄了他一眼，「去跟你那個同事談談，到底是玩了幾個女孩！」

「感情事自己要處理好啊，沒處理好就是現在這樣了！」蘇皓靖雙手一攤，「各人造業各人擔。」

「你自己最好也小心一點！」走到車邊，她半開玩笑的帶著警告。

「妳才要擔心自己吧，我覺得女人的嫉妒心比較容易攻擊同性。」蘇皓靖帥氣拉開車門，還吹了聲口哨。

連薰予努了努嘴，之前她已經遭受過嫉妒者的「愛戴」了，完全令人不敢恭維，喜歡蘇皓靖的女人真的很多，儘管他都擺明只是玩玩，但還是有太多女人希望自己成為那個「特別」。

這時，很常出現在他身邊的她，自然就成為眾矢之的。

坐進車裡，沒好氣的嘟囔：「還不都是你，我為什麼要幫你扛啊！剛剛在房東太太面前還亂開玩笑！」

「我沒有開玩笑。」

咦？低頭扣安全帶的連薰予愣住了。

她錯愕的抬起頭，與之對望的是雙手從容置於方向盤上，難得一本正經的蘇皓靖。

「……什麼？」她略縮了頸子，「別開我玩笑。」

「我說過我沒有在開玩笑。」他挑起了玩世不恭的笑容，「不想跟我交往嗎？」

說著，他欺身向前了些，這讓連薰予倒抽一口氣的伸手擋下，漲紅了臉。

「你別鬧，我跟那些女生不一樣，就算我……我可能……喜……」喜歡你，這幾個字她說不出口。

但是，第六感強烈的蘇皓靖，豈會不知道她的心意？

連薰予皺起眉帶著埋怨，這太不公平了，她的想法或心情蘇皓靖都感受得一清二楚吧？但她卻沒有辦法如此輕易的讀取他的想法。

「真不想跟我認真的交往？」他又刻意湊近了些。

連薰予已經退無可退，她剛剛幹嘛先繫安全帶啊，現在已被困在這小小的副駕駛座了。

「你說過不喜歡我，因為會讓你的第六感加強，你已經很痛恨這種天生的強大直覺了，遇上我的加乘效果，讓你覺得生活被打——」

沒讓她把話說完，蘇皓靖欺身壓了上，直接吻上她絮絮叨叨的唇。

他是說過，但他也說了後來已經看開，他們之間有條線、或是宿命或是緣分，不管他怎麼閃躲，她就是會出現在他身邊。

他是厭惡直覺強大的能力，能夠預先知道許多根本不想知道的事，但是……這世界上有一個人與他有一樣的能力、一樣的體驗，瞭解這份能力下的人生，重點又是個正妹，怎麼可能放得下？

越親密的接觸，他們的第六感會加乘，但現在既不危急，四周亦無魍魎鬼魅……只知道自己腦袋一團亂的連薰予沒有空思考：蘇皓靖真的也喜歡她嗎？

深吻不是頭一糟，早在之前為了驅走厲鬼時，蘇皓靖就常這樣突如其來的吻她……可是單純因為喜歡的接吻，卻是第一次……他擁有不計其數的女友，經驗值與技巧自然沒話說，連薰予完全就是個任人宰割的角色。

他吻得她毫無招架之力，頭熱烘烘的，完全無法思考，也無法處理龐大第六感帶進來的訊息。

不過，蘇皓靖意猶未盡時，倒是讀取到了不少資訊。

「應該先吻了妳再去看房子的，浪費了。」他得意的笑著，「看起來妳挺喜歡我的嘛！其實真的可以直接搬過來住！」

「什……什麼！」她咬著通紅的唇，軟弱的抵著他。「那也不代表我會跟你同居！」

「嗯哼。」他挑了挑眉，他若真的想要她，用點手段自然能手到擒來。

不過，因為是真心，所以珍惜，還是不強迫她比較好。

關係確立最重要，他又啾了她發紅的唇，驚得連薰予如驚弓之鳥，但他卻開心的坐回駕駛座，又往身邊滿臉通紅的女人瞅著眼，笑得邪魅。

「妳再這樣看著我，我會直接開去旅館喔！」那失神又陶醉的神情，羞赧的笑容，每個樣子都很撩人。

此話一出，果然驚得連薰予正襟危坐，雙手掩住雙頰的直視前方。

「先去找羅詠捷他們吧！」他跟沒事人一樣，發動引擎。

連薰予覺得心臟都要跳出喉口了，為什麼他卻這麼冷靜？她不停的偷瞄蘇皓靖，腦子裡還在想著：「他是認真的嗎？」

「妳……說妳是被領養的對吧？」突地，蘇皓靖提出了八竿子打不著的問題。「幾歲的時候啊？」

連薰予眨著眼，完全無法接續這個問題。「為什麼突然……」

「我們都要交往了，熟悉彼此是自然的吧！」他倒是泰然自若，「尤其我現在對妳那個姊姊有點意見。」

「領養我的家庭待我視如己出，姊姊也是！她只是……隱瞞了我一些事。」但說到底，每個人都有秘密不是嗎？

雖然，姊姊的隱瞞造成了她的不安。

「幾歲時被領養的？一出生嗎？」蘇皓靖看著連薰予輸入導航，螢幕顯示大概十分鐘車程。

「兩三歲了，我有點殘餘的記憶但很薄弱……總之是因為一場嚴重的車禍，所以我成了孤兒。」連薰予回憶著破碎的片段，「然後我被爸爸收養成為陸家的一份子，不過他讓我保留原本的姓氏。」

「那妳會去祭拜生身父母嗎？」再問。

「嗯，會，每年我被收養那天，姊都會陪我去。」連薰予狐疑的看著他英挺的側臉，「為什麼問這個？」

「我也想去看他們，以男友的身分。」蘇皓靖揚起微笑，「當然你的養父母也一起見吧，鄭重其事。」

「有必要搞成這樣嗎？又不是結婚！」她抿了抿唇，「你等等，我腦子一時還轉不過來……」

「沒關係，我有的是時間，妳慢慢想。」蘇皓靖緩緩踩下煞車，前方紅燈。「只一句，連薰予，我是認真的。」

他轉過頭，再度用那雙迷人深遂的眸子盯著他。

其實被這麼一看，她都覺得自己要融化了。

什麼時候喜歡上這個男人的？她不知道，明明以前在櫃檯時很不喜歡這個對每個女人都暖的中央空調，但偏偏最後心卻繫在他身上。

與她一樣擁有強大第六感的人，如此罕見的人，卻讓他們在茫茫人海中相遇……或許這一點，才是促使她陷落的主因。

很想說些什麼感性的話語，但一時腦脹頭熱的什麼也說不出來，手機的連續訊息倒是化解了這車裡的尷尬。

這奪命連環傳訊，鐵定是羅詠捷。

「妳要不要考慮跟阿瑋絕交？」蘇皓靖突然煞有其事，「有他在都沒好事就算了，為什麼連帶著我們一起衰啊！」

「哎唷！」

第六章

令人訝異的，有具屍體在丁禮軍家，一整票年近三十的目擊者，在處處有監視器的前提下，居然逃離現場還沒主動報警？這讓連薰予覺得不可思議。

「你也在，怎麼會讓這種事發生？」趁著空檔，連薰予抓到蔣逸文就問。

「我……我也昏頭了！想著要逃，大家一衝下樓就說要回旅館，我也跟著回來了。」蔣逸文覺得自己也不知道怎麼了，「我有想過，但是一下就被大家的歇斯底里打亂了。」

幸好沒隔多久，連薰予他們就趕到了。

約在旅館時蘇皓靖就覺得莫名其妙，確定有人死亡，但居然不是約在新居，快到旅館樓下時他讓連薰予問個清楚，隨即要他們立刻報警，並回到現場。

「這下好了，婚宴一秒變喪禮就算了，現在新居秒成凶宅。」蘇皓靖靠著車子，雙手抱胸的搖頭。「丁禮軍，情債很難還啊！」

一旁的丁禮軍鐵青著一張臉，現在的他完全開不起玩笑了。

「別說了，我……快瘋了。」丁禮軍抱頭難受的說著，「師父我請來的，卻害得人家死於非命！」

一旁的小馬臉色才難看，他只是想幫同事一個忙，結果葬送了一條命。

呂元婷那群女人聚在一起抽抽噎噎，剛做完筆錄，果然他們逃離現場再返回，成了警方懷疑的重點；看著屍體被抬下來，連薰予倒是沒有感受到什麼惡意，聽說也是修行者，應該是不會留在上頭了吧。

這件事人比鬼麻煩，所以她聯繫了姊姊……總是以防萬一，大家只怕需要一個律師。

「陸姐拜託！」羅詠捷在一旁哀求著，「我們不是故意的！」

『我很忙的啊，羅小姐詠捷！』電話那頭的口吻非常不好，『你們怎麼搞這種事！』

「嗚，嚇壞了嘛。」羅詠捷使出撒嬌技巧。

『我是真沒空，但我會找人幫你們。』陸虹竹無奈的回應著，『等等就過去了，讓小薰發地址過來。』

「好，我等等就傳過去，他們也必須進警局，就約在警局吧。」連薰予將電話關上擴音，低語回應：「麻煩妳了，姊。」

『是不會，我找人協助就好，只是——』陸虹竹頓了幾秒，『妳怎麼會在那裡啊？今天不是跟蘇皓晴要去郊外約會？』

郊外約會是騙人的，他們一直都在市區看房子。

「當然是被羅詠捷他們叫過來的，一出事他們就找我了。」連薰予小心翼翼的回答，就怕被律師姊姊發現不對勁。

『喔……真煞風景！妳可別捲進亂七八糟的事情裡。嗯，我有空再去拜一下，求幾個香灰符好了！』

「姊，你先忙工作吧，工作都做不完了還有時間想拜拜。」連薰予覺得好笑的說著，眼尾一瞟，就瞥見冷笑的蘇皓靖。

知道啦！姊姊說的拜拜都是幌子。

掛掉電話，羅詠捷滿心覺得有救了，連忙到呂元婷那邊去解釋，蔣逸文心情沉重的在蘇皓靖身邊仔細講述親眼所見，一個亡靈都沒瞧見，但那件婚紗染血卻是一清二楚的。

「羅詠捷覺得那天那個鬧事的人犯了禁忌，加上新郎的前女友自殺，所以……」蔣逸文不管丁禮軍是否在旁，直話直說。「之前一直都是這樣，本來就有些什麼，是犯上禁忌才給它們可乘之機。」

「都是這樣的，所以這才叫禁忌，不怕一萬，就怕萬一。」蘇皓靖在這邊站了好一會兒了，丁禮軍的新居的確不太平靜。「怕只怕禁忌犯的不止一項。」

走過來的連薰予挑了眉，她也想起了那天遺落在他們車上的扇子。

「蔣逸文，婚禮全程你都在場對吧？丟扇子時你在嗎？」她主動問。

「在啊！但是我已經在車上了，新娘一丟扇子後，放鞭炮，車隊出發。」蔣逸文疑惑極了，「扇子有什麼問題嗎？」

「我想看照片或是婚攝比較清楚。」連薰予微微一笑，蔣逸文沒看見就不好說。

「羅詠捷應該有看到，她那時就在車外。」蔣逸文遠遠的朝羅詠捷招手。

結果是全部的人都走了過來，伴娘們嚇得不輕，戴恩璇一把鼻涕一把眼淚，詹雲芸也不停的發抖，反而是呂元婷最平靜，眉宇之間透露的是煩躁。

「居然是找連薰予？」她對此萬分不解，「這就是妳口中說可能知道狀況的人？」

被這樣一問，羅詠捷心虛，她默默別過頭，這樣好像在陷害小薰的感覺喔。

「之前我們遇過一些類似的事情，羅詠捷想說我們有點經驗值罷了。」蘇皓靖即刻接口，「她自己也遇過，小禁忌可能會出大事……經驗值最高的人來了。」

後面這句接得莫名其妙，全部的人還在錯愕之際，連薰予哎唷一聲，越過呂元婷她們朝遠方看去。

一台機車歪歪斜斜的騎來，越騎越慢，原本想鳴喇叭的動作被警車嚇著，瞬間乖乖行駛直線，低調的找不遠處的機車停車格停好停穩，下車後開始左顧右盼。

連薰予舉高了手，正對面的蘇皓靖又是長嘆。

「噢噢。」羅詠捷立即明白，「是活生生的神主牌耶！」

活生生的神主牌？這哪門子新解？蔣逸文輕拉了她到身邊。「是移動的。」

「還不都一樣，活跳跳的啊！」羅詠捷不解哪兒不對，一揚首就是燦爛的笑容。

「嗨！阿瑋！」

「嘿……嘿！哇，怎麼大家都在！」阿瑋禮貌的上前，看見熟人分外熱絡。「這是怎麼回……事啊？」

他用下巴指了指另一頭忙碌的警察們，但新人只對這個陌生人感到詭異。

「這是？」丁禮軍客氣的問。

「哎呀，我想起來了！是餐廳的員工。」詹雲芸總算憶起了那天意外後，在現場協助指揮交通、還幫他們收拾的阿瑋。「你跟羅詠捷認識，後來還打了果汁給我們解渴。」

「啊啊對對對！戴著安全帽我一時沒認出來。」小馬跟戴恩璇也同時認出。

「是，真不好意思，跑到這裡來找你們。」阿瑋趕忙從口袋裡拿出單據，「那天事發突然，所以沒跟新人結清尾款。」

呂元婷接過那張單據，這才恍然大悟。

對啊，那天爸出意外後他們就瘋也似的衝往醫院，伴娘雖然有替他們打理後續事宜，但墊付尾款這種事誰會做啊。

「我完全忘記這件事了，真抱歉！」丁禮軍以掌心敲額，「但我現在也沒辦法拿錢給你，等等我們都得進警局……不然今天做完筆錄出來後，我直接去餐廳結帳好嗎？」

不好啊！阿瑋的眉頭都皺出海溝了，沒拿到錢他回去很難交代，而且很難保證這對新人會不會一拖再拖。

「你眉頭皺這麼緊我也沒辦法，我們家剛出事，我們都得去做筆錄。」呂元婷揚了揚單據，「你願意也好，不願意也罷，現在就是拿不出這麼多錢。」

「所以我帶了刷卡單啊！」阿瑋一臉不知道在高興什麼，接著才從手裡的公文袋拿出刷卡單。

「有刷卡單嗎？這倒方便。」丁禮軍即刻接過，就著一旁的車子開始大方書寫。

「後場為什麼會來收錢？」小馬果然也覺得奇怪，「那天你指揮交通時我也覺得哪邊不對勁。」

「就……我新人嘛。」阿瑋不喜歡講人壞話，只能簡單一句代表千言萬語。

在場眾人瞬間理解，新人木訥老實就等於是直接被欺負的命，收款這種吃力不討好又惹人厭的事，就丟給不會反抗的新人吧。

「我們看起來會逃嗎？這麼積極。」呂元婷不太高興，這種情況下還被催款。

父親在婚禮當天身故，忙了幾天好不容易回到家裡又撞到靈異事件，昨晚也幾乎沒什麼睡，早上請了個師父來，結果什麼都沒搞清楚，就成了一具屍體卡在他們的新居！

她被疲勞轟炸又心力交瘁，煩躁得隨時想爆炸！

「我知道你們不好受，但我也是員工，請見諒。」阿瑋很客氣的解釋，禮貌的接過丁禮軍填好的刷卡單。

好整以暇的收入袋子裡後，他跟大家道別，得快點送錢回餐廳……只是他人都轉身離開了，卻硬是回頭多看了兩眼。

「我的天。」蘇皓靖覺得頭疼，「你回來！」

阿瑋沒反抗，極為順從的走回大家身邊，連薰予勉強擠出笑容，她也知道阿瑋剛剛那兩次回眸大有問題。

「阿瑋，你就直接說吧？」連薰予面有難色，「有什麼不對嗎？」

「不會吧，你看到什麼了嗎？」羅詠捷立即挽住蔣逸文的手臂，這個人很可怕的！

「不是啦，不是啦！就……」阿瑋望向幾雙驚恐的眼睛，這樣一時他也不好說出口啊。

是要先關切一下新郎肩膀最近有沒有重重的？還是他腳有沒有哪裡不舒服，舉步維艱之類的？

有個穿著婚紗的新娘就巴在新郎的背上，雙手在他胸口交疊，抓著他的衣服，腳也緊緊扣著他的大腿，披著頭紗蓋，看不清她的臉。

「我們家鬧鬼。」呂元婷開門見山，「抬下來的那具屍體可能就是這樣被殺的。」

「噢噢噢！」阿瑋雙眼染上恐懼，立即瞄向丁禮軍。「所以我說，你應該去找人家好好道個歉吧？」

我？丁禮軍指向自己。「真的是小桃嗎？」

「我不認識，有個新娘纏著你！」阿瑋蹙起眉外加搖頭，「你們兩個氣色都很不好，要我說喔，我要是早上起來照鏡子看見這種臉色，大概會一直發生衰事！」

「那你不就每天臉色都不好？」蘇皓靖不是諷刺，這是中肯。

「哎唷，哈哈哈！」阿瑋只得陪著乾笑，「我這樣子不管氣色好壞都差不多啦，我這是命，又不是犯到什麼。」

這是命，不是犯上禁忌。

這句話不知道為什麼，聽起來讓連薰予都替他感到心酸……命運使然，那是躲也躲不過的慘。

丁禮軍聞言打了個寒顫，他的身上？他開始發抖撥肩頭，但不管怎麼撥，那新娘就是牢牢的鎖在他身上。

「去！快去！」呂元婷直接上前，拉過丈夫。「說不定我姑姑他們昏迷不醒也是她在作祟，你就是去道歉去求情，也得好好跟她說清楚！」

呂元婷霸氣的要丁禮軍速戰速決。她作風明快俐落，身為同事的連薰予早就知道，所以她宣布要閃婚時，大家並不驚訝，但對象是……丁禮軍就令人詫異。

先不說花心，丁禮軍是個比較溫和的人，兩人個性差異大，可謂跌破眾人眼鏡。

「就是自殺的前女友嗎？」詹雲芸絞著雙手，「能這樣光明正大的纏人，還害人喔？」

「是不是找有用的廟，快點淨化一下？」戴恩璇話到一半又沒了信心，想到剛死於非命的方師父。

「應該還有其他因素，才能讓她纏上……」連薰予心中疑點甚多，直覺早已告訴他們更多表象上的因素。「羅詠捷想的方向不差，婚禮諸多禁忌，你們可能觸犯到，觸發了怨靈，進而纏身不放。」

「我有列我有列！」羅詠捷專業的從皮包中抽出紙張，「我把昨天想到的禁忌都列上去了，妳看，就那個大鬧現場的最可怕！」

「還有扇子！羅詠捷，新娘丟扇子時妳在場對吧？扇子丟出去後呢？什麼顏色？」蘇皓靖想問的就是這個。

扇子？呂元婷下意識看向自己的手，回憶婚禮當天的過程，撐傘蓋頭的她進了車，她手裡始終緊握著一把扇子，拋出車外，象徵著新娘把壞脾氣扔掉，留在娘家……這是個儀式，沒有任何實質意義，她原本反對做這種無意義的舉動，反正扔不扔她個性也不會改，都是拗不過老人家。

「粉紅色的、小小的扇子，尾巴繫了紅繩。」身為伴娘，詹雲芸倒是一清二楚。「因為沒打開也不知道裡面的圖案，總之就是這樣拋出去。」

粉紅色的，連薰予沉下臉，在蘇皓靖車內的就是小小的、粉紅色的扇子。

「扇子就丟了吧？我也不知道丟了之後怎麼了……」戴恩璇只記得當時車隊開走，她跟詹雲芸得快點上車。「總不會有人撿起來吧？」

「進房要看時間的，那時時間已經很緊了，所以我們趕著走。」小馬早在車內，根本什麼都不知道。

「橫豎也是要有人撿的，不可能把東西擱在路上。」蔣逸文很認真的回想著，因為他跟羅詠捷沒有立即上車，他們還回屋內去拿自己的東西，出來時……

地上已經沒有扇子的蹤跡了啊！

「還是找婚攝吧，我需要你們婚攝的聯絡方式，還有……」連薰予主動向呂元婷要，

「那位新秘。」

「小莎？」呂元婷有些詫異，「要這些做什麼？扇子又有什麼關係？」

羅詠捷正在努力絞盡腦汁的思考，那把扇子她依稀記得……記得……「新秘，對耶，

她好像有走過去，但我不確定她有沒有撿起扇子。」

「當時那麼趕，新秘不是應該要緊跟著新娘過去嗎？怎麼還有時間待在那邊撿扇子？」詹雲芸覺得不可能，「妳會不會看錯了？」

「我不會看錯！因為我跟妳想的一樣，第一時間是：咦？新秘還沒上車喔？」羅詠捷猛地擊了掌，「對啦，她真的有跑到前面去，但我沒看見她撿扇子喔！」

「所以撿扇子不行嗎？」蔣逸文不解的是這個。

「扇子就是要丟掉，不丟不吉……嗯？」阿瑋自然的補充，不愧是婚宴廳新進員工。

「不對啊，你們為什麼知道扇子被撿起來？」

「因為在我的車子裡。」蘇皓靖揚起微笑，「我的車被臨時叫去支援，結果那柄扇子落在椅子底下。」

「咦？」蔣逸文當下一驚，「你支援的是——小馬跟新秘？」

小馬一臉驚愕，他渾然不知啊！

「如果是新秘就連在一起了，是新秘撿了扇子，然後……」呂元婷話到一半又哽住，

「不對啊，那又怎樣？我不是就丟了嗎？」

「她撿回來了，不是丟。」阿瑋鄭重說明，「丟棄的意思必須明確，但新秘又把它拾回車裡了。」

哎，詹雲芸皺起眉笑了笑。「這事很小耶，犯得著討論得這麼認真嗎？」

「需要！」羅詠捷瞬間義正詞嚴，「我說過，我鄰居只是忘記一些小事，就死了很、多、人！」

這話又讓大家噤聲，但換丁禮軍不明白了。

「你現在說是新秘刻意把扇子撿起來，這樣就會發生什麼事嗎？」他表情呈現不悅，「她是我妹的朋友，不要亂說。」

「每個小禁忌都犯一點，我們永遠不知道會造成什麼後果。」連薰予用溫柔但嚴肅的口吻解釋，「我姊說過，所謂的聽說、傳說、禁忌，或許一百個裡才有一個真的，但一旦犯忌就死了。」

「所以我們寧可信其有，要懷著尊敬的心，禁忌不要觸碰就是了。」羅詠捷也會背了。

「是朋友就更好問了，問她把扇子帶上車是什麼意思？」蘇皓靖平和的說，「我覺得她本來想把扇子擺回你們家，但是卻不小心落在我車上。」

這不是猜測，直覺早告訴蘇皓靖答案，那把扇子是不小心滑出來的。

呂元婷深吸了一口氣，她真的在克制怒氣，即刻拿出手機，把資料傳給了連薰予。

「新秘跟婚攝的聯絡方式都給妳了。小薰。」

隨著訊息聲響，連薰予確定收到。

「這件事是其次吧，你們要快一點，因為我看那個新娘很凶喔！」阿瑋誠懇的勸說，「纏在你身上太久不會有好事的。」

一點一滴的吸收生氣，而且那個厲鬼帶著強烈的恨意，不是普通的哀怨，或是想當新娘那麼簡單而已。

「道歉，找廟，淨化，作法事。」連薰予唸著從陸虹竹那兒聽來的基本 SOP。

丁禮軍緊張的雙拳緊握，被告知被鬼纏住已經夠痛苦了，現在還宣告對方可能會傷害他，這豈不叫人恐懼交加？

「我說真的，我從未承諾小桃任何事。」他專注的向呂元婷解釋，「從沒有承諾過結婚與一生。」

呂元婷斜睨著他，「有時不需要明講，女人都會自我想像與期待，她若認定了你，你說什麼都沒效。」

警方終於走了過來，一干人等必須回警局好好交代事情經過，那位死者死狀悽慘，但為什麼進屋？還有身上骨頭斷裂又是怎麼回事，他們都得交代清楚。

「我們去找新秘。」連薰予對呂元婷說著，也安慰羅詠捷，讓他們先安心。

丁禮軍幾番掙扎還是回頭喊著：「新秘是我朋友，你們客氣點喔！」

「我們看起來是要去討債的嗎？」蘇皓靖沒好氣的抱怨，回頭倒退著走時，突然閃過模糊的依偎畫面。

連薰予立即挽住他的手，親暱的貼在他身邊，她也覺得有股暖流通過，帶著怦然心動的情愫。

「哎……」連薰予也忍不住回頭看著一票人，「不會吧？」

「提到小莎時，丁禮軍顯得有點緊張！」蘇皓靖嘖了一聲，「真是厲害，我們果然是一類人！」

哼！連薰予不大高興的抽回手推開他。「這事有什麼好自豪的！但是，他如果跟新秘有關係，那個新秘還能平心靜氣的幫呂元婷化妝嗎？」

前頭的阿瑋聞言，突然轉過來，一雙眼瞪得老大，一副吃驚模樣。

「咦咦咦！你們為什麼知道！」

蘇皓靖瞇起了眼，似笑非笑。「知道什麼？」

「知道新郎跟新秘有……關係不一般啊！」阿瑋還自動放輕聲音，一副心虛模樣。

「這話是我想問的吧？你為什麼會知道？你不是廚房嗎，大哥？」蘇皓靖簡直無力，瞧，是不是每件事都扯得上他？

「新人不是都會去看場地？還有試菜？看場地那天新娘沒有來，是丁禮軍跟他家人來，沒多久後來了一個很辣的女生，說她是新秘。」阿瑋彈了一下指頭，「看場地新秘跟來不是很怪嗎？但新郎就說是他叫她來的，他們是朋友，用她的新秘經驗幫忙看一下場地如何，還有新娘休息室的大小及位置——」

八卦也能說得激動，差點被自己口水嗆到的阿瑋緩了緩，蘇皓靖瞥了連薰予一眼。她立刻傳訊息給羅詠捷，想知道新秘與新娘的互動如何，還有新秘是怎麼找的。

附帶一句：不要聲張。

「反正我就是被派去實習，我只是跟著聽，但後來新郎的家屬想去看看其他廳的大小，我發現休息室沒關燈就要去關——」阿瑋一擊掌，「就看到新郎跟那個新秘吻得超火熱的，我只能裝作完全不知道的先閃啊！」

果然，丁禮軍提起小莎時，流露的情感不同……除了激情，還有心虛的擔心，怕他們跑去問小莎時會露出破綻。

「小桃早分手說不定是真，但是還有個現在進行式的女人，還是他老婆的新秘……哇喔！」連薰予由衷讚嘆，「我說丁禮軍心也夠寬的，就不怕新秘在呂元婷臉上動手腳嗎？」

「在臉上動手腳是砸自己招牌，她再蠢也不會這麼笨，所以她就從小地方下手，像扇子之類的？」蘇皓靖一路走到了阿瑋機車旁，「好了，你可以滾回去交差了，我跟小薰還有事要辦，別跟著我。」

連薰予白了他一眼，對阿瑋好一點，他人生不順不是他的錯嘛。

「對對對！好不容易拿到刷卡單！」阿瑋連忙跨上機車，「對了，小薰剛剛說你們在看房子？看什麼房子？」

「呃，租屋，想搬出來住，最近都在看適合的屋子。」她有點氣餒，剛剛一時說太快，否則這件事不該讓第三者知道。

「啊？我家樓上不是就有空屋嗎？房東一直沒租出去耶！」阿瑋喜出望外，「妳乾脆搬到我家樓上當鄰居，坪數大又便宜，我可以再跟那個房東談價格。」

連薰予笑不太出來，但是阿瑋好像是認真的。

「先生，你是說你家樓上，那個總共死過兩名女生的房子嗎？」蘇皓靖不客氣的瞪著他，「而且還都是暴力謀殺，那是百分之百的凶宅，不然你以為為什麼租不出去？」

「阿瑋可能沒想那麼多啦。」連薰予還幫忙緩頰。

「啊我是想說，你們直覺那麼強的人，不是可以趨吉避凶？」那區區凶宅應該小意思吧？而且往生者都已經處理好了不是？

「不是每個人都跟你一樣，只會趨凶還能跟鬼住在一起——」話及此，蘇皓靖不忘交代：「你室友還沒走嗎？」

阿瑋的室友，是之前到醫院探病時不小心帶回家，但也沒有意思要離開的「室友」；阿瑋說那個室友不錯，除了很愛洗澡外，遇險時都會警告他，而且萬一他在外面沾了什麼，回家還會鋪滿一地的鹽讓他淨化。

噢，當然，看家是一流的，畢竟誰進屋誰倒楣嘛！

「沒啊，我就覺得住得好好的，我也沒什麼影響。」阿瑋尷尬的說，他實在不忍心趕人家走。

「好話說盡！」蘇皓靖一旋身，逕自往車邊去。

「阿瑋，人鬼殊途，它再好你也不能長期跟亡者共處一室，對你不好……」連薰予看著阿瑋，雖然他感覺上還活蹦亂跳的，但總是有風險在。「還是跟它商量商量，找個師父淨化了吧。」

「噢，我試試看。」阿瑋很為難，因為他真的覺得沒差。「對了，那個新秘的婚紗公司就在我們餐廳附近，很近的，我弄好有空可以再去找你們。」

「不必了。」蘇皓靖聞言一秒回首，認真的回喊著，但阿瑋已經一股勁兒的跨上摩托車，揚長而去。

望著阿瑋背影，連薰予好氣又好笑，她當然知道蘇皓靖是認真的。

「阿瑋只是想幫忙。」她小跑步的來到他身邊，心裡還是甜滋滋的。

「例如幫妳介紹他家樓上的房子嗎？」

※　※　※

無巧不巧，小莎外出了，今天有外拍行程，身為新秘的她得跟一整天。

「我們是朋友介紹的，她手藝很巧。」蘇皓靖自然的將連薰予摟進懷裡，「我想試妝，看合不合我女朋友。」

女朋友……連薰予漲紅了臉，她好不習慣他的習慣啊！

「那兩位拍婚紗照了嗎？要不要考慮我們公司呢？」業務立即精神抖擻的介紹，「我們婚紗與婚禮當天都有套組，非常划算，您也可以指定喜歡的新秘處理所有妝髮喔。」

「婚紗啊……」蘇皓靖朝裡面看去，有新娘正在試穿禮服。

他們同時想起呂元婷形容的染血婚紗。

「所以租婚紗的話，可以到婚宴結束嗎？」連薰予提問，今天都已經是第四天了。

「一般新秘跟著的話，我們在新娘脫下禮服後，就會由新秘帶回。」業務仔細解說，「婚禮前一天帶回去，婚宴當天取回，除非特殊情況，前後又沒有人承租，便可以租借比較久。」

「特殊情況是指？」連薰予再問。

「有時總會有些意外，或是新人想在婚前去哪兒拍照，便可提前租借，延期的話一般不太可能，婚宴結束便帶回。」業務頓了一頓，乾乾的笑。「最近我們剛好有個例子，是婚禮當天有點狀況，所以新人來不及送婚紗回來，到現在婚紗都還在新人那邊呢。」

這個狀況，應該就是指呂元婷他們了吧。

「聽起來好像還是不要有狀況的好。」蘇皓靖演技簡直一流。

「那是當然的。這對新人也有提前租借禮服，提前一天的話我們還能通融，若是一天以上，就是論日計費了。」業務貼心建議，「如果真的有想拍照留念的地方，其實在拍婚紗照前可以先溝通，如此攝影師便能安排，你們也不必再穿著婚紗到處跑了。」

「說的也是啊……」連薰予邊說，一邊回頭張望。

一位甜美的女孩正穿著婚紗步出，看似平凡素淨的婚紗上，纏繞著多重晦暗氣息，多半都是情緒的殘留，有扼腕、有嫉妒，大抵都是穿不得這婚紗的女子的怨，總之那些負面情緒，都留在了無辜的衣服上頭。

業務此時正拿出相簿，介紹小莎的作品。

蘇皓靖與連薰予都見過那位新秘，除了扇子外，她還能在什麼地方動手腳呢……動——連薰予突地正首。

「請問小莎是幾年次的？」

「啊，這個您放心，屬虎的不能進新人房，我們不會用屬虎的人。」業務斬釘截鐵，「她是屬牛的。」

「哦，好細心啊！」連薰予笑開了顏，但她硬是對這件事起疑。

蘇皓靖明白她的用意，主動跟業務要了名片，也要了小莎的名片，不過很妙的是，名片上就寫著小莎兩個字，有些隱瞞過度。

「她的全名呢？」蘇皓靖謹慎的問著，「用暱稱這個好像不太妥吧？有什麼想隱瞞的嗎？」

「啊，不是的，是因為這樣客戶比較好稱呼！」業務趕緊賠著笑臉，「有時也是為了保護美容師……」

「保護？小姐，現在是我們比較需要被保護吧？這樣讓人感覺她以前是不是有鬧過事？改個名字又是一條好漢？」蘇皓靖氣勢瞬間咄咄逼人，「還是曾經——」

「沒有！沒有這種事！純粹是因為好記好叫！」業務急忙澄清，並且再抽過一張小莎的名片，在上面寫下了她的全名。「其實一般客人不會記全名的，我們為了拉近距離才這樣說，而且我們公司的新秘也不能在外面接客人……所以——」

名片遞出，上面寫著「陳雅莎」三個字。

連薰予立即嫣然一笑，「我想再細看她的作品集好嗎？」

「……好！當然好！業務至此總算鬆了一口氣。

他們一張張翻閱，接著連薰予開口問有沒有近期作品的線上相簿，嫌婚紗公司的太過唯美，她想看更真實的，所以業務也給了他們小莎的社群帳號。

原本她的頁面就是設定公開，因為一開始就是希望讓更多人看見作品，而連薰予的目的，就是要這個社群帳號。

耗了兩個多小時，要了一堆資料，說得煞有其事後，他們連袂離開了婚紗店。

「妳覺得她屬虎？」一出店門，蘇皓靖劈頭就問。

「只是突然想到這件事而已，我更在意的是她跟丁禮軍之間的關係。」連薰予看著名片失神，「什麼樣的女生會幫情敵化妝，打扮得漂漂亮亮參加婚禮啊？」

「不夠愛吧！我覺得小莎說不定也只是玩玩。」蘇皓靖留意婚紗店裡的業務，還隔著透明玻璃觀察他們，便回首給了個爽朗笑容。「反正有了名字跟帳號，要知道她的年次就不難了。」

「如果真的屬虎，那就很惡質了，虎傷夫妻。」連薰予腦海中浮現羅詠捷的禁忌清單，即將又多一項。

「我覺得屬什麼沒差。」他不懷好意的揚起一抹笑，「在休息室裡擁吻新秘才比較傷夫妻吧！」

「唉！」

第七章

按照慣例，連薰予前腳才踏進家門，陸虹竹已經在玄關等待，迎面而來就是柳枝沾符水狂點全身，接著還有空中撒鹽，然後是火焚符紙在她身旁繞了幾圈，最後則是遞過一杯熱騰騰的符水香灰茶。

基本上這是回家的必備儀式，頂多分輕中重而已，她的姊姊很迷信，相信外面都會有不淨東西，回家一定要經過各宮各廟的法器淨化才能入家門；這點也沒錯，至少從小到大靠著姊姊的這套，讓她少沾染了許多東西。

畢竟強大的第六感，感應到的不僅僅是人，也包括了……其他。

只是以前單純以為姊只是迷信、單純以為她特愛拜廟，以為拜一百家總會讓她遇到一間靈驗的，所以遇上有用法器也很自然，結果……連薰予接過那杯熱呼呼的符水茶，她現在覺得這一切都是有所為而為了。

不過都是「人物設定」。

還不到睡前，這杯茶裡應該不會有安眠藥，所以連薰予自然的喝下。

「還好吧？有遇到什麼嗎？」陸虹竹伸手要替她接過皮包，「我朋友說只是麻煩了點，只要他們沒涉案，剩下的就只是程序問題。」

「他們也是嚇到了，但是命案現場沒有他們的足印應該沒事。」連薰予沒有把皮包交給姊姊，反而直接進入她們姊妹倆的家。

餐桌上擺了水果與甜點，姊永遠都會為她準備，生活上更是無微不至的照顧，這便是令她矛盾與痛苦之處；但姊到底有多少事情瞞著她？為什麼！

故作鎮定的簡述了今天發生的事情，陸虹竹隨意撥弄一頭長髮，一副若有所思的樣子。

「屬虎嗎？好缺德喔！婚紗公司也是啊，有的人就是忌諱，他們這樣騙不好吧？」

陸虹竹叉起一塊鮮豔的火龍果，「但是這些都小事吧。」

「新郎的自殺前女友比較麻煩。」連薰予深深嘆息，「不過新郎已經說會過去上香了。」

「夜路走多了遲早遇到鬼！玩弄別人感情的渣男渣女都不會有什麼好下場的。」陸虹竹頻頻點頭，「穿喪服鬧場那個也滿厲害的，不過啊，婚禮的禁忌我個人覺得最奇怪的是婚紗吧！」

「婚紗？」連薰予不由得心頭一驚，想起大家口中的裙襬染血，但警方到場時卻是正常的雪白婚紗。

「是吧，婚禮最大的禁忌之一啊，婚紗要全新不能重穿！這大家該都知道吧？」陸虹竹莞爾一笑，「所以訂婚結婚同一天的人，都得穿著那悶熱難受的新娘禮服，坐在不能出的房間一整天？」

「對，對……」連薰予跟著點頭，呂元婷那天也的確如此，

「問題是啊，現在婚紗不是都是租的嗎？」陸虹竹挑了挑眉，「今天妳穿的婚紗，可能一星期前是另一位新娘的，那這樣算得上是全新嗎？」

……咦，對啊！今天到婚紗公司去，也是有人正穿著禮服，如果兩位新娘同時看上……鐵定有人會看上同一套的，整間店滿滿的都是禮服，不可能只給一個人穿啊。

「這樣能算全新嗎？」連薰予也相當困惑，「如果我是第三個人，那已經不算了啊。」

「是不是？都說這樣會被拆散，可問題是我們的婚禮文化沒有買婚紗的習慣啊。」陸虹竹肩一聳兩手一攤，「如果硬要算，那除非穿第一手的，不然每個都犯忌了啊。」

連薰予倒是陷入沉思，連蔣逸文都親眼看見裙襬染上了鮮血，那件婚紗該不會真的有問題吧？

或是因為這微不足道的禁忌，剛巧成為那位小桃的戾氣發揮所在？

「這還真的挺詭異的……」她喃喃說著，「不過現在似乎就當作當天是全新，但當

天不能穿脫兩次！否則如果每個禁忌都作數的話，那麼喪服冥紙鬧婚宴、屬虎、扇子、假設婚紗不是第一手，每一樣都是破壞他們婚姻的禁忌啊！」

「嗯……是這樣沒錯啦。」陸虹竹蹙起眉，「問題是現在是命案了？死了的還是一個方士。」

連薰予一怔，她真不知道該說是方師父倒楣還是命中註定？「就……也不知道怎麼說，警方很想認定他是因為失足跌上碎裂的玻璃，但是他全身骨折的程度活像被車高速撞上。」

「這就是我說程序會有點麻煩的原因，在場這麼多人，沒有一個人知道發生什麼事？被撞成那樣更該慘叫連連，卻沒人聽見。」陸虹竹才說著，手機訊息不停進來。「唉，拜託，煩死了！」

連薰予直覺看向時間，都九點半了，姊的手機依然不停歇。

「下班了吧，陸大律師。」她沒好氣的唸著。

「我很想啊！但案子量實在很重。」陸虹竹滑掉手機，不接電話，但還是檢視訊息。

「生意好也是很麻煩的。」

「少在那邊讓人羨慕嫉妒恨。」連薰予把玩著叉子，現在或許是時候告訴姊姊，她想搬出去……不，她要搬出去住了！房子已經找好了，下個月就搬。

她想著也該自立了，姊姊獨立照顧她這麼多年，現在突然以美女律師之姿大紅大紫，追求者鐵定暴增，繼續住在一起似乎也會妨礙姊姊的戀情……不行！這個理由一定會被姊姊打槍。

還是直接說，她覺得姊姊有事瞞她？

「妳跟蘇皓靖今天沒去踏青嗎？」

突然，陸虹竹問了令連薰予心跳漏拍的問題。

她都還沒跟姊姊開誠布公咧，居然先問她了……這幾週的出遊或踏青都是騙姊姊的啊，為的是去看房子，才會晚回家。

「嗯，對、對啊，就羅詠捷……不對，是呂元婷的事。」連薰予略微握緊了叉子。

「是喔！」陸虹竹搔搔後頸，「不過妳不是八點就出門了？羅詠捷他們十一點才出事，這時間早該離開市區了吧？」

糟糕！連薰予內心瘋狂吶喊著，千不該萬不該騙律師啊！一點細節他們都會注意到。而且、而且她偏偏無法讀取關於陸虹竹的一切！

「我們沒有直接出發啦，我先跟他去吃早餐，有間很紅的早午餐餐廳，然後又陪他去逛一下街看鞋子。」連薰予眼神完全不敢瞧陸虹竹，背出與蘇皓靖對好的稿。

幸好正因為無法感應到關於陸虹竹的事，所以他們預想了各種情況，儘管蘇皓靖覺得已經簽約了就直接講，可她尚未做好心理準備。

這是她的姊姊，視她如親生妹妹、照顧到長大的姊姊，她真的不想相信她是惡的。

唰——陸虹竹驀地站起，快到椅子甚至因為被推向後而發出拖曳音，連薰予嚇得來不及反應，桌子對面的陸虹竹竟伸長右手，越過桌子倏地箝住她的下巴，直接向上一勾——

連薰予被迫面對著陸虹竹，連閃躲的機會都沒有！

這舉動嚇到她了！連薰予連大氣都不敢喘一下，感受著箝在下巴的溫度，兩眼發直的望著陸虹竹。

「真的？」那一瞬間，陸虹竹氣勢爆棚，連薰予有一種餐桌瞬間變法庭的錯覺。

「真……的。」她還是有所遲疑，「姊？」

「嘖！」下一秒，陸虹竹手一甩，一副尷尬樣。「這樣說很奇怪，我也不是怕蘇皓靖帶妳去做壞事……不對啊，妳都幾歲了去做點壞事也沒差。」

哎呀！連薰予咬著唇，立即滿臉通紅。「姊！」

「妳晚上不回來的話跟我說一聲就行了啊。」陸虹竹露出一臉悲傷，「唉，我遲早得面對這件事啊。」

「姊！」連薰予羞紅了臉嚷嚷起來，「我跟蘇皓靖他——」

什麼都不是？

等等，不對啊，他們今天正式交往了！唉……她心虛的看向陸虹竹，一副欲言又止的模樣，立即就被陸虹竹抓到把柄。

「妳臉也太紅了吧？今天發生了什麼事啊？」

「我……我們……」她羞紅了臉的低下頭，不停絞著雙手。「蘇皓靖說想正式交往，我現在分不清他說的是真的，還是玩笑話……」

「啊？」陸虹竹誇張的啊了好大一聲，「連薰予！你們兩個還沒交往？那最近晚上吃飯假日出遊是怎麼回事？」

連薰予一怔，「就……又沒直說！我想說就朋友……」

我的天哪！陸虹竹誇張的用嘴型說出這幾個字，外帶一個華麗的白眼。「妳不是喜歡他很久了嗎？」

「我？我哪哪……有啊！」連話都說不清楚了。

「好，妳沒、沒沒有。」陸虹竹忍不住噗哧笑了起來，「原來是這樣啊……沒關係，姓蘇的表態了就好啊。」

好討厭啊！一想起他凝視她的眼神，說他是認真的、還有那個吻時……以前在各種危急情況下都接過好幾次吻，但都沒有這一個令她覺得心跳快停止了！

「啊啊！實在……煩！」桌上電話又響起，陸虹竹不耐煩的雙手扠腰。「我要上樓繼續工作了，妳快洗一洗，電鍋溫著藥，喝了再睡。」

「藥啊……」連薰予眼神閃爍，從茶水到補藥，姊姊總是想方設法讓她睡前喝下些什麼。

「對啊，趁機補一下，眼看著冬天不是快到了，補得好就不怕冷了。」陸虹竹正才滑開手機接通，「喂，我陸虹竹。」

『陸大律師啊——妳不能不接電話啊！』音量甚大，裡面那哀鳴聲聽起來是檢察官！

「你知道現在幾點了嗎？我光處理你們的案子就飽了。」陸虹竹一路唸著，快步的上樓去。

連薰予起身將水果吃完，盤子拿到廚房洗淨，轉身打開電鍋，裡面果然有一碗熱騰騰的中藥；從以前到現在，姊姊總是細心看護，過去她覺得自己真幸福，但是現在……她看著這碗濃郁的中藥，腦子裡只會想著裡面是不是放了什麼。

自從姊姊在她睡前茶裡下安眠藥後，這部分的感動蕩然無存。

連薰予站到水槽前，將碗裡的中藥緩緩倒進了洗手槽中。

每一夜皆是如此，即使陸虹竹曾有意要親眼看著她吞下，她也早就想到了應對之道拖延。

信任關係就像瓷器上的裂縫，一旦有了裂縫，就再也不可能恢復……即使親如姊妹也一樣。

再怎麼親，還是只有親「如」姊妹而已。

碗幾乎是貼著碗槽倒的，如此才不會傳出聲響，不過姊姊在樓上講電話，其實也聽不到一樓廚房裡的動靜。

連薰予是這樣想的。

但她卻不知道，在她身後兩公尺的廚房外頭，早已站著陸虹竹。

※　※　※

由於沒有明顯涉案嫌疑，所以丁禮軍一票人很快被釋放，但是警方尚有諸多疑點，因此有任何問題或狀況時，都必須請他們配合。

與有婚假的呂元婷不同，羅詠捷他們都要上班，折騰了一天，新居現在又是命案現場，兩個人索性也不回去了，就在原本的旅館住下；詹雲芸跟戴恩璇輪流陪伴，還是閨密比較親密。

但事不宜遲，呂元婷立刻要丁禮軍去向小桃道歉上香。

好不容易問到納骨塔的位置，呂元婷便坐在外頭的車裡等，丁禮軍提著祭品與紙錢進入。

「放他一個人沒問題嗎？」後座的詹雲芸懶洋洋的問著。

「我跟去才會有問題吧？」呂元婷撐著頭，疲憊的望著走進去的丁禮軍。「等等我們再去廟裡一趟，一次解決掉，我不想再拖了。」

詹雲芸輕嘆口氣，「妳跟丁禮軍打算怎麼辦？」

「嗯？什麼怎麼辦？」她回頭，看著閨密聳肩。「我們才結婚……一切就變調了，我都沒想過我會有這種悲劇人生。」

「事情發生了也只能面對，妳爸的事，還有兩個親人昏迷中，丁禮軍的爸也好不到哪裡去，現在新家又成了凶宅……」詹雲芸欲言又止，從照後鏡看著亦若有所思的呂元婷。

「我這幾天一直在問自己，我愛不愛他，我愛啊！我想跟他走一輩子嗎？我想啊，我從來沒想過我會對一個男人這麼著迷。」呂元婷轉向左後方，笑得無力。「那我要因為這些外來的因素跟他離婚嗎？錯不在我們身上啊！」

「嗯……」詹雲芸保留的「嗯」了長音，「如果是那、個作祟的話，丁禮軍不能說沒錯。」

「就婚前的事了，那個女的自己看不開能怎麼辦？丁禮軍對我發過誓，他沒有對小桃許過承諾。」呂元婷眼裡滿滿的堅信，「懷孕的事是有點意外，但現在已經不是有孩子就得葬送一生的年代了。」

詹雲芸微抿著唇，只能苦笑，呂元婷就是這樣一個行事雷厲風行的女人，她們幾個之中她最像男人，以前男生們戲稱她就是男人婆，總是一頭短髮的帥勁……誰曉得，遇到丁禮軍後，整個人變得有女人味多了，不過本性是不會輕易改變的。

她是真的愛丁禮軍，理智讓她條理分明，不管是父親的死亡，或是小桃的不甘，都影響不了她與丁禮軍的婚姻。

「妳的人生，妳決定好就好。」詹雲芸拍了拍她，「就是不要讓其他人受傷。」

受傷啊，呂元婷笑了笑。「有時候如果是為了自己的幸福，必要時讓其他人受點傷也無傷大雅。」

就像小桃，或是更多她不知道的女人，她們或許在夜半哭泣，心痛悲苦，但這是她的男人、她的幸福，她不會在乎她們的痛。

「喂！喂！呂元婷！」才閃神片刻，詹雲芸突然緊張的拍了拍呂元婷。「那個是不是——」

什麼？疲勞過度的呂元婷一時難以集中精神，她順著前方望去，看見不知何時停下某部銀色車子，裡面走下光是腳步就氣急敗壞的女人，衝向了納骨塔！

「誰？」呂元婷其實認不出來，「我現在精神差……我們認識的嗎？」

「大鬧婚宴的女人啊！是不是？」詹雲芸順著女人移動視線，「那個女的身高很高，我覺得就是耶！」

小桃的姊姊！呂元婷看著進入納骨塔的身影，她身後還跟了幾個親戚，瞧那氣勢凌人的樣子，擺明要來找人算帳的，一定是丁禮軍在問小桃葬在哪兒時有人通風報信啦。

「馬的！詹雲芸，妳待在車上。」呂元婷驀地開門就下了車。

「咦？呂元婷！」詹雲芸喊也沒用，她人已經甩上車門，跟著進入了納骨塔。

詹雲芸趕緊爬到駕駛座旁，把車門都鎖上，這荒涼的納骨塔廣場上就停了兩台車，不遠處一個燒金紙的爐子，還有眼前這棟平房裡滿滿的骨灰……

她是不是應該也下車呢？才轉頭，外面已經沒人了，呂元婷早已衝進了塔內。

她拿起手機準備傳送訊息，身旁的窗戶驀地閃過一抹影子。

「咦？」她緊張的向右望去，正對著一張慘白的臉龐。「哇啊！」

※　※　※

「你沒資格上香！」

在小桃的靈位前，若不是上有菩薩，小桃姊姊真的會把一桌東西掃到地上去。

「別這樣，我只是來致個意。」丁禮軍很無奈，跟著小桃姊姊一起來的是她爸媽。

「我沒有做任何對不起小桃的事，我問心無愧。」

「問心無愧？這種話你說得出來？」小桃母親幾乎要崩潰了，「我好好的女兒為你自殺了啊！」

「她要自殺我能怎麼辦？買炭的不是我，點火的也不是我，是她選擇自殺的好嗎！」丁禮軍的聲音迴盪著，「我跟她半年前就分手了，是她苦苦纏著我不放，我沒報警已經夠仁慈了，你們不能說死掉的人就絕對沒錯，還把錯全推到我身上。」

「苦苦纏著你？這種話你說得出來？當初你追她追了多久？她那麼單純的一個女生，被你騙得團團轉，她跟我說過想跟你一輩子時，你知道她有多高興嗎？」小桃姊姊低吼著，「然後呢？到手後沒多久你就變得冷淡，甚至提了分手！」

對啊！丁禮軍雙眼一亮。「對嘛！分手，所以妳也知道我們分手，沒有妳說的始亂終棄啊！」

「我聽你在放屁，照你的說法，你結婚前一天跟她提分手也是理所當然？」小桃爸爸掄起拳頭就想打，是小桃母親攔下了他，這裡是什麼地方啊！

「問題是半年、半年前，我是不想傷害你們才沒說，不要逼我！」丁禮軍轉過身來，右手抬向小桃的靈位。「我發現她一直想結婚，但我不想，不管怎麼溝通她都一直處於幻想中，甚至開始準備結婚事宜，我明明白白的告訴她：我不想結婚。結果她還去找婚紗公司說要拍婚紗。還跟我訂什麼幾月結婚，生幾個孩子，哪個男人聽到這種話不跑的？」

「那你就娶啊，小桃都跟你同居了，你本來就該娶她！」小桃媽媽咬著牙說，「都已經生米煮成熟飯了，難道我女兒要讓你白糟蹋的嗎？」

厚！丁禮軍翻了個大白眼，強忍想抱怨的怒氣。

「拜託！現在是什麼年代，還在搞那個睡一次就要負責她終身的事嗎？那這樣一開始她就不要跟我住啊……說到住，為什麼不去問問小桃，我這人不跟女友同居的，是不是她死皮賴臉的硬要待下來？」

呂元婷已經默默的走進了高聳至天花板的塔位走道，他們聲音這麼大，等等管理員進來一定會罵人；這是多少人安眠之地，外頭又有菩薩神佛，在這裡嚷嚷吵架，真的很不適合。

但是她也想知道，丁禮軍跟小桃之間的詳情，所以她挑個陰暗走道站著，暫不現身。

「媽！」小桃姊姊在這點上比較識大體，「妳不要說那種話啦！時代不同了，我只在乎你拋棄我妹！」

「分手。」丁禮軍說到都累了，轉身朝著塔位。「小桃，妳給個回應好嗎？我什麼時候拋棄妳了？我是不是正式跟妳提分手的？」

這時要是真的有回應，可是會嚇死人的吧？

幸好整個塔位區寂靜無聲，只有幾扇窗外的風徐徐吹入……貼著某些人「新家」的呂元婷只覺得這裡的燈都不全開，昏暗得有點令人不快，她趕緊直起身子，還是不要隨便貼在人家門口比較好。

「沒有任何理由原因，說分手就分手，你當我傻嗎？」小桃姊姊咬牙切齒，「你根本是劈腿，同時還有其他女人，甚至是現在這個妻子！」

丁禮軍神情閃爍，這點他無法否認，除了小桃外，他同時搞曖昧或是炮友的還有好幾個，而與呂元婷交往正是分手的關鍵點：不只是小桃，他那時大動作的清理了複雜的感情關係，因為他想對元婷認真。

「所以呢？就算他那時沒劈腿，也不會選擇妳妹妹。」

呂元婷揚聲開口，所有人大吃一驚的回首，丁禮軍更是倒抽一口氣的看著不該出現在這裡的人。

「妳……」小桃父母有點尷尬，是新娘子。

「妳知道妳嫁的是什麼人嗎？」姊姊即刻上前。

「我當然知道，是個願意為我清理感情關係的人，妳妹妹就是被清理掉的那個。」

呂元婷滿不在乎的一路走到丁禮軍身邊，「他選擇了我，想跟我過一輩子，我不管妳妹多單純或是多愛作夢，丁禮軍就是跟她分了手，我不懂你們現在在鬧什麼。」

小桃的家人瞠目結舌，這位新娘那天在婚宴上就表達了堅信丈夫的立場，現在還加碼來羞辱他們的親人？

「因為我妹為他而死了！」小桃姊姊回到問題重點，「被始亂終棄的！」

「每段分手都要用拋棄這個詞，也太悲哀了。」呂元婷根本不以為意，「死亡是她自己選擇的道路，沒有人逼她，你們只是因為無法責怪自己的妹妹，只好找丁禮軍出氣罷了。」

元婷……丁禮軍吃驚的喉頭緊窒，他當然知道自己娶的老婆是什麼類型，但是這樣的霸氣還是令他由衷佩服。

呂元婷轉身看向了塔位上的生卒年，計算了一下，小桃已經離世四個月了，換句話說，他們分手後沒兩個月這女人就燒炭自殺了？

四個月後丁禮軍跟她結婚，她姊姊來鬧場，這女人死後不安息，還亂得她的人生雞犬不寧？可以再過分一點！

呂元婷拿起桌上的香，逕自點燃，小桃姊姊氣得想上前阻止，這次又被母親阻止，聽見外面的腳步聲，管理員過來了，他們不該鬧事。

「小桃，我是呂元婷，丁禮軍的現任妻子。」呂元婷對著塔位平靜的說著，「對於妳的早逝我感到很遺憾，但是我想請妳瞭解，我與禮軍是相愛的，我們已經是夫妻……而妳已經不在人世，無論如何也不可能——」

呂元婷突然頓住了，然後轉向右方的丈夫。

「冥婚吧！」

咦？這宣告令所有人措手不及，當然也包括丁禮軍！

「妳、妳在說什麼！」丁禮軍差點連話都說不全了。

「她這麼執著於你，執著婚紗，不就是想成為你的新娘嗎？人鬼殊途更剛好，就讓她冥婚。」呂元婷乾脆俐落，繼續向著小桃。「但話說在前頭，我是大妳是小，想要婚紗我也可以燒給妳，讓妳在地下愛穿多久就穿多久，另外——」

「我不許！」小桃媽媽激動的咆哮，「我不許小桃嫁給這種人！」

「幹什麼！幹什麼！」管理員即刻衝進來，「你們在吵什麼？這裡是可以吵鬧的地方嗎？」

呂元婷高舉著香，對著塔位三拜。「我沒意見，就是還給我跟丁禮軍寧靜的生活，剩下就是妳跟妳爸媽的事了——記住，我同意妳冥婚，萬一最後嫁不了，是妳親人的阻礙，跟我們無關。」

拜妥，香插入香爐，轉身便走。

丁禮軍完全愣在原地，等等，他是新郎啊，都不必跟他商量一下的嗎？

管理員上前不滿的打算驅趕小桃一家，呂元婷走出塔位區後，還對著大堂的菩薩合十拜了拜，這才步出納骨塔。

「元婷，等等，妳等等！」他氣急敗壞的拽住她的手，「妳擅做什麼決定？都不必先跟我商量的嗎？」

「商量什麼？」呂元婷被拉住轉身，「你想不想要安寧的生活？她就是想當你的新娘，那就如她的願啊！」

丁禮軍看著這麼乾脆幫他找小老婆的妻子，內心真是百感交集。

「妳怎麼知道她是想當我的新娘？不是想要我這個人？」丁禮軍也忍不住吼了起來，「如果她是想要跟我永遠在一起呢？」

「所以冥婚啊！」呂元婷回應得更大聲，「想當就讓她當！只是個形式而已，換得我們的安寧，我們結婚才四天，你難道要這樣過一輩子嗎？」

丁禮軍幾度欲言又止，他好想大吼好想咆哮，元婷怎麼可以這麼乾脆？她到底有沒有思考過冥婚背後的意義，還有小桃是個什麼樣的人！

「她不是那麼容易滿足的女人！從來不是！而且也不曾聽別人說話，她想要就是要！」丁禮軍試圖平心靜氣的說話，「如果她不甘願只是形式上的冥婚呢？」

呂元婷狐疑的蹙起眉，「所以？你是說她想真的跟我們……生活在一起？」

還是要取她而代之，附身？或者想真正的擁有丁禮軍——殺了他？

天哪！呂元婷這才狠狠倒抽一口氣，意識到丁禮軍思考的另一個嚴重性！小桃都能殺掉無冤無仇的方師父了，以厲鬼之姿要傷害她或是丁禮軍，簡直易如反掌對吧？

「如果她只是想要一個儀式、名分，為了妳我當然無所謂。」丁禮軍上前握住了她的手，「重點是，她是那種女人嗎？」

呂元婷有點腳軟，與適才的氣勢萬千大相逕庭，她忍著恐懼抱住丁禮軍。「為什麼我們會遇到這種事！」

「都是我不好，我招惹了恐怖情人！」丁禮軍也緊緊地回擁她，「我們好好的、冷靜的把事情處理好。好嗎？」

呂元婷只能點點頭，不輕易落淚的她抹去了甫滲出眼角的淚水，急著轉身往車邊跑去。

「先去找廟，我打電話問羅詠捷……問小薰也可以，她們知道的更多。」一路衝到車子邊，要開車門卻發現鎖上了，急忙敲著玻璃。「詹雲芸！開門！」

後頭小跑步而至的丁禮軍解開了門鎖，呂元婷拉開門就坐了進去。「雲芸，妳幫我打電話給羅詠捷，我們得先去找一間有用的廟……」

丁禮軍也坐進了駕駛座，他們要快點找間靈驗的廟處理，而且也必須離開這個陰氣甚重的地方。

「咦？」他抬頭瞥了一眼照後鏡，「詹雲芸呢？」

「什麼？」被他這麼一說，呂元婷才倏地回身，後座沒有人！「詹雲芸？她人到哪裡去了？」

後座還放著詹雲芸的皮包，丁禮軍第一時間撥打她的手機，手機直接進入語音信箱，呂元婷探身到後座抓過她的皮包，錢包還放在裡面，問題是人呢？

「能去哪裡啊？這裡又沒地方逛？」呂元婷回身向外探，眼看小桃一家都已經步出納骨塔了。「廁所！我去找！」

丁禮軍看著左手邊的中控鎖……剛剛元婷不是進不來嗎？是他開的鎖，但如果詹雲芸只是去上洗手間或是離開車子，沒有鑰匙的她是怎麼將門鎖上的？

丁禮軍心頭一緊，突地手心冒汗，急忙下車要去追呂元婷。

「詹雲芸？」呂元婷邊跑邊尋找著洗手間的位置，「詹雲芸？」

小桃的媽媽正拎著東西出來，還一把鼻涕一把眼淚的，看見呂元婷就往她那邊衝。

「我們小桃不會嫁給那種渣男的！」

「閉嘴啦！」呂元婷怒不可遏的回吼，什麼時候了鬧屁啊！「詹雲芸？妳在哪裡？」

她一路走到洗手間，不知道是不是心理作用，總覺得這裡的洗手間也特別陰冷，鼓起勇氣進入，只有兩間廁所，裡頭根本沒人，她還特地推開門查看了一遍。

「元婷！」她一出來就瞧見也找來的丁禮軍神色凝重，「妳剛是不是開不了車門？」

「對啊，怎麼？」呂元婷焦急的敷衍回應，「我跟你說，雲芸不在洗手間……」

「她沒鑰匙怎麼鎖車門的？」丁禮軍緊繃著臉問，但發現呂元婷的視線沒有看著他。

她越過了他，看向他的右後方，下一秒就將他往旁推開，他趕緊回身，後方是金爐，爐口帶著點綠。

丁禮軍跟著上前，只見其中一面的爐口外有著一截鮮綠色的布料，一如詹雲芸今天穿的小外套。

呂元婷倒抽一口氣，火星隨著衣服漫天飛落，外套還燃著火，呂元婷將外套扔到地上踩熄，外套早已燒掉大半，就剩左半邊一小塊及袖子。

「這是雲芸的外套……為什麼會被燒掉？」呂元婷雙眼瞠大，驀地跳起來往爐口裡探看。「雲芸？詹雲芸！」

「元婷，妳冷靜點！」丁禮軍趕忙拉住她，「這爐口是燒金紙的，塞不進一個人！」

呂元婷全身開始發抖，睜圓眼看向丁禮軍。「是那女人？小桃？」

「……不，她不認識詹雲芸，她們沒有過節啊！」丁禮軍說著，喉頭一緊。

可方師父也跟她沒有過節啊！

「走……先走！」呂元婷很快的恢復理智，「我們先去找廟，再來想雲芸的事。」

總之，此地不宜久留！

呂元婷抓起燒剩的外套，她現在只希望那是雲芸不小心丟進去燒毀的，雲芸沒有出事……莫名其妙的，她怎麼可能會出事！

「怎麼了？臉色這麼難看？又出事了嗎？」遠遠的，小桃的姊姊衝著他們大笑。「活該！這是報應，你們兩個冷血無情的人的報應！」

呂元婷正在恐懼中氣憤交加，根本禁不得激，原本都要進車的她又站了出去。

「呂元婷！別跟他們吵了！」車裡的丁禮軍根本拉不住。

「最好！那死了妹妹的妳，又他媽的是什麼報應？」呂元婷狠狠的再補捅他們一刀，外帶一根中指。

那句話極其傷人，丁禮軍知道，呂元婷更清楚，因為如果不傷人……就沒有出口的必要了。

「哇啊啊！」小桃的母親傷心的痛哭失聲，在車裡都聽得見哀鳴。

繫上安全帶，丁禮軍趕緊開車離開，呂元婷緊緊抱著詹雲芸的皮包……太詭異了，難不成雲芸憑空消失在車子裡嗎？

「元婷，打電話。」丁禮軍提醒著，千萬別失神，現在不是時候啊。

「給誰？」她有點茫然，滿腦子混亂。

「羅詠捷？還是那個小薰？」

第八章

上班期間，或許正在開會，或許在忙碌，羅詠捷沒有及時接電話，丁禮軍只好直接去找納骨塔管理員，想著他們在這裡工作，應該更知道哪間廟比較靈驗。果然在就在納骨塔的山腳下便有一間大廟，在當地是香火鼎盛，相當靈驗的廟宇。

呂元婷完全陷入慌亂，一邊不停的打電話找詹雲芸，一邊緊緊掐著她被燒毀的外套，幾乎沒看過這樣的妻子，丁禮軍立即扛起了一切；廟祝見到他們立即皺眉，丁禮軍上前給了小桃的生辰八字，說想要祭拜超渡她，也交代了情感事端。

當然是簡單版，主要是小桃的不甘心進而影響他們的生活，希望師父能幫忙。

師父凝重的搖搖頭，說他們身上的氣場都相當不好，兩個人也需要祭改，不管師父說什麼，丁禮軍點頭就是了；而呂元婷最後打給戴恩璇，告訴她詹雲芸失蹤的消息，但是在不確定她是出事還是離開的前提下，他們都不知道該不該報警。

緊接著因為必須作法事，呂元婷只能拜託戴恩璇，希望她幫忙找人，彼此也定了一個時間，如果晚上八點詹雲芸再沒聯絡就報警。同時她傳訊給羅詠捷告訴她這匪夷所思的情況，求連薰予能施以援手。

於是，她人就在這裡了。

連薰予看著羅詠捷熟練的轉動兩段鎖，打開鐵門後，卻戰戰兢兢的看著眼前的木門發抖。

「沒事的。」連薰予輕笑起來，「我感覺這邊是安全的。」

「咦？真的嗎？」羅詠捷瞬間如釋重負的笑開顏。

後面的蔣逸文不太高興的碎唸，「妳會怕幹嘛還來？就叫妳不要管了啊。」

「喂，呂元婷有事你真的能不管嗎？」羅詠捷回眸瞪著他，「虧你們還同部門耶。」

「我覺得我們做的已經夠多了，我們對她沒有義務。」蔣逸文其實是不滿呂元婷的態度，「而且同部門不同組。」

「好了！」連薰予無奈的搖頭，「今天你們是來幫我的，是我放不下呂元婷，所以答應幫她看看。」

連薰予給了台階，羅詠捷也不想再找架吵，而且為同事的事吵架很討厭耶。她不知道為什麼蔣逸文突然變這樣，之前幫忙婚禮籌備時也很用心，好像就是從……元婷他們從家裡逃到旅館後就變了。

轉開木門鎖後，連薰予自在的開門進入，直覺告她不會有什麼大事；封鎖線早已視為無物，該採證的也都採完了，而且案發現場是在衛浴裡。

但一踏進門，連薰予還是打了個寒顫，兩眼發直的看向掛在客廳的婚紗。

羅詠捷打開燈，刺眼的紅色囍字還貼在牆上，現在這裡卻已經是凶宅，莫名的添了份淒涼感。

「這裡真的沒事嗎？」蔣逸文心裡一直不踏實，「有那、個，又死了一個人……」

「詹雲芸還失蹤了，戴恩璇在群組說聯絡不上，呂元婷他們在作法事，所以等等她就準備報警找人了。」之前雖不認識伴娘，但是在協助婚禮的過程中羅詠捷也跟她們熟識了啊。「我覺得詹雲芸的失蹤好……詭異……」

這就是他擔心的啊！蔣逸文緊握飽拳，如果只是伴娘都會被牽連的話，始終在旁的羅詠捷是不是也會——

「小薰？」終於留意到僵著身子的連薰予，蔣逸文當下伸手把要往裡走的羅詠捷逮回來。「這裡怎麼了嗎？」

一聽見關鍵字，羅詠捷倒抽一口氣就往蔣逸文懷裡鑽——不是說沒事嗎？

尖叫、黑煙、窄小的房間，女人哭泣的精緻臉孔，那淒美的笑容……還有憤怒、踹開的門——血，從裙襬開始往上漫延的血！

「這件婚紗……」連薰予喃喃唸著，「超級不祥！」

說著，她還退後了一步。

婚紗擱在左手邊沙發區塊，中間有鞋櫃也有沙發擋著，她還是退後一大步，想繞個大圓避開那件婚紗似的謹慎。

「就、就那天裙襬吸血啊，我們都有看見。」羅詠捷縮在蔣逸文懷裡，她緊緊擁著他一道走。「但是現在又好好的。」

「這是被詛咒的等級了，看著我都不舒服！」連薰予別開了頭，心臟彷彿被人掐緊著不舒服。

只要瞥一眼，就能感受到一種歇斯底里的嚎啕大哭，少見的可怕物品。

婚紗果然有問題！

她快步經過客廳，直接進到廚房，但還是臉色慘白得難看，蔣逸文提議是不是要先離開，連薰予卻搖了搖頭。

「我只是受不了上面的負面氣息而已……我沒事，避開就好。」她做著深呼吸，在廚房裡來回踅步的調息。

羅詠捷站在主臥房門口，裡面還維持著呂元婷那天逃出來的混亂，直視前方又有另一道封鎖線繞著的浴室裡，鮮血已乾涸，但地面依舊怵目驚心。

「應該叫蘇先生來的。」蔣逸文覺得連薰予臉色太差。

「別，跟他說他會生氣。」連薰予就是知道蘇皓靖會阻止，所以才選擇一下班就讓羅詠捷帶她過來。「我先進主臥。」

她深呼吸後，挺直背脊的走進主臥，連瞥一眼浴室都沒有。

「小薰啊，那個師父……」羅詠捷暗示的指指。

「他不在，那個師父已經離開了，沒什麼怨……」連薰予略闔雙眼，「我只感到他的擔憂，一種事情未了的遺憾。」

事情未了？蔣逸文蹙起眉，又瞥了眼客廳的沙發。

「他被抓進浴室前，大喊著叫我們把婚紗燒掉，是不是這件事？」蔣逸文人壓著主臥室的門，他不進入也不出去，為的是以防門突然關上。

「我們提了，但是呂元婷沒理我們，婚紗公司也一直在催歸還婚紗，天天扣錢。」羅詠捷知道這很為難，「東西畢竟不是呂元婷的，而且還有人要租。」

這不是掏錢說想買就買，想燒就燒的事啊。

連薰予倒是沒理，她只是閒步，看著每一處角落……這裡沒有什麼不好的感覺，甚至更多甜甜的氛圍，較之於客廳是舒服很多的地方。

牆上掛著唯美的婚紗照，笑得幸福的新人極具感染力。

連薰予朝外走去，「一切只怕繫之於婚紗。」

「婚紗是怎麼回事？」蔣逸文皺著眉，「真不可思議，只是一件衣服。」

「重點不在於衣服，還有背後的糾葛……我們走吧。」連薰予一出主臥室就急著想離開，不想再多待……

她戛然止步，跟在後面的羅詠捷差點撞上她。

咦？連薰予回頭朝後看去，羅詠捷僵著身子不敢動，她不喜歡小薰這樣亂看啊啊啊！

蔣逸文緊張的吞著口水，雙手輕柔的由後握住羅詠捷的肩頭，緩緩回身……此時連薰予已經掠過他們面前，朝著隔開廚房與客廳的層架走去。

那是個十五宮格的架子，隔著兩人座沙發與廚房中島，開放式的架子取代牆壁，兩面都可取物；上面全是擺飾品還有紀念物，有兩人各自的小擺件，還有許多特意洗出來的相片。

家人、朋友、彼此，從相片可以看見呂元婷與丁禮軍生命中重要的人或時刻，依著挑選的相框，也能看出他們的個性與喜好……連薰予仔細的看著每一格裡放著的物品，端詳每張照片，氣氛靜到連羅詠捷都不敢多問半句。

因為小薰非常的專心，她正在運用她的強大直覺，看是否能感受到什麼。

丁禮軍三鐵的痛苦照，與一票好哥兒們高舉啤酒的狂歡，與呂元婷在夕陽下浪漫牽手的影子，接吻的唯美瞬間……伴娘們的照片自然也在這裡，女孩們一起出國玩，開心的在海邊跳躍。

呂元婷勾摟著詹雲芸，戴恩璇在旁笑得放肆，比那炙熱的太陽還熱情，後頭摟著呂元婷的女孩亦笑彎了眼，她們渾身是沙是海水，青春正盛，美得驚人！

連薰予的指尖緩緩滑過這一層，來到下一格架子，又是女孩們的出遊照，在似錦繁花中的網美 IG 照，無一人看鏡頭，假裝望著彼此談天說地；旁邊放的是丁禮軍一群人裝扮狂歡……嗯？

連薰予湊近瞧著，在照片的後方看見了熟悉的身影，即使充當背景卻依然閃耀奪目的男人，身邊果然圍繞著眾多女孩，每個都憧憬的望著他……這應該是雜誌社的尾牙或聚會吧，所以才會有蘇皓靖的身影。

沒注意到自己臉上帶著粉色的笑容，還那麼仔細看著照片，讓一旁的羅詠捷與蔣逸文忍不住對看了一眼……小薰是看到什麼啊！

幾秒後她把照片放回架上，繼續看向別格，羅詠捷好奇的跑過去偷瞄……噢，原來是蘇皓靖啊！

「笑這麼甜！有問題喔！」她終於忍不住，手朝左方的連薰予一推。「妳看著蘇皓靖冒出粉紅泡泡耶！」

「說什麼！」連薰予低叱，不知道自己通紅的臉道盡了一切。

蔣逸文也笑了出來，「小薰，這個不必什麼直覺，有眼睛的人都看得出來喔！」

連薰予緊張的看向他們，見蔣逸文食指在臉上畫了個圈，她才意識到發燙的雙頰，雙手捧著臉頰，心裡忍不住唉呀了聲。

「好煩！我這是……」她咬著唇，扯不了謊。「沒事啦，好了，我們走吧。」

焦急忙慌的想逃，根本就是此地無銀三百兩，羅詠捷哪可能放過她，喊著等等就想追。連薰予指尖順著層架移動，回眸難掩羞赧。

「別鬧別問……」才說著，她的手指像被電到一樣，忽然收起。

「小薰？」羅詠捷立即嚇到，趕緊握住她的手。「怎麼了嗎？」

蔣逸文上前，查看層架上是不是有木屑扎到了她？但連薰予卻再收手，急忙的走回剛剛的架子區。

歡樂的笑聲，燦爛的笑顏……那邊不對勁，不對……連薰予拿起了海邊的女孩照。

「這個是誰？」她將照片轉向羅詠捷，「這兩位就是伴娘，那這個呢？」

羅詠捷趕緊接過來看，只有聳肩。「我不認識耶……我沒注意到這些照片，應該就是朋友吧？」

「不是，這些照片都是挑過的，重要的具代表性的才會擺出來。」連薰予再掃了一眼層架，「人物幾乎都是重複的，除了公司或學校活動……呂元婷都是跟這三個女生在一起。」

連花田照也是她們四個啊！

「閨密是伴娘們，那另一個人呢？」蔣逸文明白連薰予的疑問，「說真的，婚禮從頭到尾我都沒見過這個女的。」

「翻拍！我來問。」羅詠捷立刻拍照，幾度還因為反光而拍不好。

連薰予打量著整個架子，不只是這個女孩的問題，還有羅詠捷剛剛說的粉紅泡泡，對……她再拿下另一張花季照，那些笑著說話的女孩們，有種說不出的氛圍。

「這張也拍。」小薰把相片塞給羅詠捷，「問伴娘這位是誰？為什麼呂元婷結婚時沒來？」

「會不會吵架絕交了？總不會是那位小桃吧？」蔣逸文隨口亂猜。

感受到有藍色的車子停在樓下停車場，接著是下車的人，連薰予抽了口氣，朝電鈴望去。「有人來了。」

什麼！羅詠捷跟蔣逸文緊張的透過層架往門口看，蔣逸文焦急的往門邊走，他們剛剛進來時只帶上木門，似乎忘了關上鐵門，未免太大意了！

才邁開步伐，電鈴音樂聲立即響起，蔣逸文這才想起這是社區管制大樓啊！羅詠捷是從呂元婷的抽屜拿了備用鑰匙才能上來，一般人是進不來的。

連薰予說的有人來是這個意思啊！

「喂，您好！」蔣逸文不知怎地就接了起來，應了聲才想起他又不是主人。

『丁禮軍？丁禮軍你還好嗎？』螢幕裡出現兩個男人的身影，『我們剛好在附近跑業務，就過來看看。』

「啊，請等一下喔。」蔣逸文連忙掛上對講機，「好像是丁禮軍的同事，之前見過。」

「那……我們也走吧。」連薰予把相框擺回原處，輕推著羅詠捷離開。

「這樣就可以了嗎？」羅詠捷看著剛拍的相片，不明所以。

「可以，我也有事想問丁禮軍的同事。」連薰予不由得再回眸看了一眼那件雪白的婚紗，又是一陣心悸。

『我才是新娘啊啊啊——』

女人哭得涕泗縱橫，就坐在梳妝鏡前痛哭失聲。

連薰予難受的緊皺起眉，簡直是逃出去的，蔣逸文好好的鎖上兩道門……真是奇妙，丁禮軍他們之前在家裡碰到了鬼，方師父全身骨頭盡斷的死亡想也知道是厲鬼幹的，但是今天小薰卻說這間屋子什麼都沒有……

那麼，小桃呢？

三個人出了社區，在外面果然是兩個熟面孔，大家都在同一層樓工作，身為櫃檯的連薰予更是認得每個人。

「嗨。」她朝他們打招呼，記不得名字也確定是雜誌社的員工，蘇皓靖之前的同事。

「喔喔喔，妳是那個櫃檯小姐！」男人們果然記得，尤其那天丁禮軍婚禮，她是跟蘇皓靖一起出現的耶！

這幾天大家傳瘋了，說那個女人緣極好的蘇皓靖居然定下來了，對象還是大家每天上班都會瞧見的隔壁總機櫃檯小姐！

不是豔麗或是醒目的類型，就是恬靜溫柔的清秀女人，跟他之前喜歡的類型截然不同！

「丁禮軍不在，他跟呂元婷暫時不會回來。」羅詠捷代表出聲，「謝謝你們跑一趟啊，真夠意思。」

「剛好在附近跑完業務，聽說他一再出事，想說過來看看。」同事們為丁禮軍憂心，「好好的喜事變成這樣，又聽說他們家死了人，蜜月好像也取消了。」

「這種時候的確不適合蜜月，新娘的父親剛剛身故，親人也還在昏迷中。」蔣逸文搖了搖頭，「因為命案的關係也不能輕易出國啊。」

「唉呀，說的也是……」高瘦男人看著手上的蛋糕卷，「啊你們會遇到他們嗎？我們買都買了……」

羅詠捷歪著頭想了一下，主動伸手。「我應該會見到呂元婷，我再替兩位轉達。」

連薰予看著熱絡的同事們，千頭萬緒浮現，一個女孩的身影不停穿梭在他們之間，那是在雜誌社，這兩個男人也跟那個女孩說過話，還有丁禮軍……

「你們認識小桃嗎？」

沒頭沒尾的，連薰予突然出聲問了。

「嗯？」男同事一怔，旋即語出驚人。「當然認識啊！她之前是我們公司小妹。」

咦——羅詠捷跟蔣逸文瞠目結舌，「你們公司的？」

「對啊，唉唷！孽緣！丁禮軍最會沾窩邊草了！」矮胖同事搖了搖頭，「不是我在說，蘇皓靖就可取多了，他不碰單純的。小桃是超單純的女生。」

「我的天哪，居然是同公司的……」羅詠捷即刻看向連薰予，「小薰有印象嗎？」

「這麼說我就知道了，難怪我一直覺得面熟，離職一陣子了吧，我記得她有很多雀斑，很勤快的女生。」連薰予回想著那個每天上班都會跟她打招呼的靦腆女孩，「她過世的事情你們都知道嗎？」

兩個男同事尷尬一笑，搖了搖頭。「小桃是離職好久了，也沒聯絡，我們也是婚宴當晚她姊來鬧場，我們才知道她自殺的事。」

「之前她跟丁禮軍的事……我們知道他們有交往啦，但什麼程度，有沒有承諾之類的就都不清楚了。」同事們挑了眉，「啊事情都鬧成這樣，應該很有什麼吧？」

「就覺得很可惜，那麼單純可愛的女生。」高瘦男嘆了口氣，「她細心到不行，大家喜歡喝什麼，不喜歡吃什麼，一清二楚。」

「而且很直腸子，也不拐彎抹角，我之前有勸過丁禮軍不要玩弄她，丁禮軍跟我說他認真的……個頭吧！」胖男人不爽的扯著嘴角，「有男友不知道自己女友的喜好嗎？我們公司可能每個人都知道小桃討厭甜食，對奇異果過敏，結果丁禮軍之前買杯奇異果鳳梨蜜茶給她喝，還想炫耀貼心。」

「這就是不在乎吧！」蔣逸文自然也不苟同這種交往模式，但是……這種男人總是有女友啊！

羅詠捷卻皺著眉往前，「啊？」

她「啊」得太大聲，還讓兩個男人愣了住。

「你們剛說什麼？她討厭甜食？對奇異果過敏？」羅詠捷往前跨了一大步，男人都覺得莫名其妙。

「呃，對。她不喝甜的，也不吃奇異果啦。」男人覺得羅詠捷很怪，「而且對塵蟎還有花粉也……」

連薰予瞬間看見在短廊上的蒼白雙腳，回眸看著在廚房的丁禮軍背影，女人幽幽一句：『我要加蜂蜜。』

「不是她。」連薰予驚訝的逸出這三個字。

蔣逸文尚且搞不清楚狀況，羅詠捷卻轉過身拉住他。「不對啊，你記得嗎？那天呂元婷他們逃出來時，說過家裡撞鬼的事？丁禮軍是不是說他在打果汁時聽見呂元婷叫她加蜂蜜？結果呂元婷說沒有，還說果汁爆炸甜？」

被抓住的蔣逸文趕緊點了點頭，「對……對對對！還有浴室的異樣？」

「丁禮軍說他在打什麼果汁記得嗎？我還說超好喝的，然後你說以後我喜歡也打給我喝，簡單健康又便宜？」羅詠捷劈哩啪啦的唸了一堆，蔣逸文眼睛越瞪越圓。

「奇異果鳳梨蘋果汁！」蔣逸文說得準確無誤，因為這是他今天帶給羅詠捷的果汁啊！

一個對奇異果過敏又討厭甜食的人，怎麼會——蔣逸文終於看向了連薰予！

「小薰？妳剛剛說什麼？」

連薰予驚愕的蹙緊著眉，「不是她！那個新娘不是小桃！」

※　※　※

丁禮軍不知道自己怎麼回到旅館的，他連坐都不敢坐下來，渾身都是焚香的氣味，照理說該洗個澡才是；看著呂元婷一進門就把自己摔上床，幾乎秒睡的動也不動，他決定還是先坐下來好了。

作了一天的法事，該唸的也唸了，其他經文需回家抄錄，要誦唸的迴向，但至少儀式暫且做完；師父說小桃應該已經走了，她只是希望他去看她而已，下午去了塔位一趟，也算圓滿了。

只是這樣嗎？連他自己都懷疑，生前一直都很神經質又執著的小桃，死後把他的生活鬧得雞犬不寧，卻只是希望她去拜她這麼單純？那失蹤的詹雲芸怎麼說？她是無辜的啊！

打開水龍頭，雙手盛水洗了把臉，他覺得再不睡他應該會先掛掉，詹雲芸的事由戴恩璇處理了，呂元婷也沒氣力關心，一切等他們睡醒再說……至少得先睡一覺。

隨手抹了把臉，疑惑的看著擱在洗手台上的戒指。

那是枚星月樣式的戒指，樣式做工都還不差，還是有牌子的戒指，只可惜是碎鑽……這是元婷的嗎？怎麼會這麼疏忽的擺在洗手台上？也太大意了吧？

丁禮軍拿著回到房間，打掃房間的人還真誠實，居然沒有佔為己有？自然，一旦元婷發現戒指不見，他們報警的話，小偷也得背上偷竊罪，有點腦子的就不會鋌而走險。

將戒指小心的擱在呂元婷的床頭櫃旁、手機邊，已經昏睡的她氣息均勻，手上戴著他們的婚戒，丁禮軍俯頸吻上她的髮，怪了，那天逃出家門時，她怎麼有時間戴飾品出來？

不過仔細回憶，他對這枚戒指隱約有印象，只是忘記什麼時候看過了。

拖著步伐回到床邊，怕自己睡得太死硬是調了鬧鐘，終於咚的倒上床，幾乎在沾床的瞬間就失去了意識。

滿室通亮的房間根本沒人記得關燈，但沒幾分鐘後，從廁所開始，燈一盞一盞的暗去，一直到只剩下呂元婷床頭旁的那盞燈。

呂元婷的手機發亮，是羅詠捷打來的，但她早已調成無聲，不論羅詠捷打幾通都不會有人接，手機冷光在昏暗房內閃亮，接著一隻手指輕輕的滑上手機，掛斷了來電。

白色的影子在房間內移動著，下一個亮起的是丁禮軍的手機，蒼白的手拿起手機，來電顯示是蔣逸文；隨手一扔，手機從白色的手上翻下，直接落上丁禮軍的枕上！

「喝！」丁禮軍被驚醒，整個人彈坐而起。「地震！」

他慌張的看著四周，為什麼感覺有地震！腦子依然一片混沌的他呆然的半坐在床上，幾秒後才意識到自己身在旅館裡……

「幹！」他低咒著撫頭，怎麼突然醒了？轉身一瞧，卻在枕上看見自己的手機。

嗯？他手機不是擺在櫃子上嗎？抓起手機查看，果然看見數通未接來電，分別是蔣逸文與羅詠捷，他遲疑的準備滑開，剛醒的他覺得手機冷光異常刺眼，實在太亮了……亮？

狐疑的抬首，終於注意到房間裡的燈光昏暗，他記得剛剛睡前好像沒有關燈吧？丁禮軍錯愕的望著每個角落，現在房間已經暗到只剩下呂元婷床頭那盞燈了，而且光線還調到了最低。

元婷起來過嗎？他不太想回電，把手機關上，擱回床頭櫃旁。

應該是他累到沒關燈，元婷中途醒來關了吧？輕柔的為她拉上被子，天氣再熱也要留意，尤其他們冷氣開得超強。

忍不住打個大呵欠，又躺了下來，側著身看向背對著他的妻子，將肩頭蓋穩。

「嗯……」呂元婷像受到驚動似的，翻了個身，緩緩轉過來。

丁禮軍眼皮快闔上了，笑看著連妝都沒卸的妻子，再怎麼不幸，發生再多事情，他還是不想放手，畢竟這是他有生以來，第一個想共同生活一輩子的女人……

轉過頭的女人，用一雙滿是眼白的大眼看著他！

「……？」丁禮軍登時被嚇到說不出話，女人的頭撐著枕頭，身子卻漸漸向上拱起——這不是元婷！

女人死白的那張臉咧了開，臉上彷彿上了層蠟般開始龜裂，緊接著一塊塊的開始剝落，露出底下的肌膚，卻是腐敗糜爛的臉龐！

「哇啊！」丁禮軍嚇得往後退，手撐到床緣一滑，直接就摔下了床！

屁股著地，疼得丁禮軍直皺眉，還沒反應，上頭一抹影子湊了過來。「丁禮軍？」

「啊啊啊啊——」驚恐大喊，丁禮軍這才看清楚爬過來察看的是呂元婷。「元婷？」

「什麼啊？」她朝丁禮軍伸出手，「你睡到掉下去嗎？我被你嚇醒了耶！」

望著伸長的手，丁禮軍卻有幾分遲疑，他沒搭上，而是戰戰兢兢的站起身，看著的確一臉惺忪的呂元婷。

「我剛剛幫妳蓋被，但是妳轉過來時卻……」他爬上床，不太敢說出來。「是……」

「什麼？」呂元婷揉著眼睛，「啊，我忘記拔隱形眼鏡了，眼睛好乾喔！」

丁禮軍緊張的看著面前的呂元婷，這是他的老婆沒錯，可是他剛剛看到的也不是幻象啊……而且那張臉，並不是小桃！

呂元婷轉身準備下床，順便去卸妝洗把臉，習慣的想拿手機查看幾點時，卻看見了放在旁邊的戒指。

「這是什麼？」她拿起戒指，轉身質問著丁禮軍，口氣絕對不佳。

「呃，妳的東西吧？我在洗手台上發現的，沒收好。妳也太大意了吧！」丁禮軍觀察著呂元婷的神色，她不太高興，該不會是……誤會了吧。「那不是我的喔！」

「……這也不是我的！」呂元婷緊捏著戒指，斜眼瞪著丁禮軍。「你在洗手台拿到的？」

「對……對啊，真的！就放在水龍頭旁啊！」丁禮軍連忙解釋，「我以為是妳的……」

呂元婷搖著頭……緩緩的再搖了搖頭。「我怎麼可能有……」

沙……沙沙……詭異的聲音陡然傳來，床上的小夫妻止了聲，那像是布料摩擦地面的聲音，卻來自於……丁禮軍往床看去，這聲音在正下方。

床下。

沙沙，沙沙沙……他們兩個交換著眼神，連呼吸都不敢，看著床尾的地方，聲音是從那裡——啪沙！

一隻手驀地從床下伸出來，啪的就反扣在了床上！

『我……的……』

那是隻戴著白手套的手，緊接著從床下唰的爬出了戴著頭紗的女人——

「哇呀！」根本不必反應，小夫妻放聲尖叫，呂元婷抓過手機轉身就衝下床！

丁禮軍也立即抄起自己的手機跳下床，兩個人不約而同的都往呂元婷那邊躍下，直衝門口！但是在丁禮軍跳下的瞬間，床下突然竄出手，直接握住他的腳踝！

「啊——」身子想往前跑，腳卻被抓住的丁禮軍直接往前仆倒。「元婷！」

一鼓作氣衝到門口的呂元婷回身，就看見倒趴在地上的丁禮軍，直接被拖進了床下，而剛剛那應該在床尾的新娘，卻早已不見蹤跡。

「呀——住手！」呂元婷趕緊跑回去，彎身抓住了老公的手。「放開！」

『我才是新娘——』怒吼聲從床底下傳來，呂元婷死命抓住丈夫的手……那不是人不是人，是……

鬼？啊！她趕緊從頸子上扯下今天師父給他們的平安符，直接往床底下丟！

『啊！』痛苦的聲音傳來，同時丁禮軍的雙腳一鬆！

他掙扎的趕緊爬出來，呂元婷拉起他就往門口跑，全室燈光陡然暗去，嚇得他們停在原地不敢動彈。

回身看向落地窗邊，藉著外頭的燈光，便可以看見穿著婚紗的女子就站在他們房裡，黑色的影子有著清楚的輪廓，白紗、禮服……

不！不是已經超渡了嗎？不是說小桃已經原諒他了嗎！

「住手，小桃！不要這樣，妳要作多少法事我都會給妳！」丁禮軍驚恐的哭喊著，「我們明明已經分手了！」

『沒有……』新娘的聲音幽遠，『我們從……來沒有……分手……』

咦？丁禮軍一怔——那不是小桃的聲音！

呂元婷正拉著丁禮軍一寸寸後退，她記得門就在前面的，即使現在眼睛一時無法適應黑暗，她也不敢貿然的按亮手機，但是離門已經很近了……手擱在背後的她，瞬間摸到了門把！

「走！」呂元婷大喊著，一把拉開了木門！

太過用力的她卻忘記解開上面的安全鎖鍊，門發出巨大的聲響又反彈回去，丁禮軍焦急的伸手拉開安全鎖，好讓元婷把門給拉開。

『我才是新娘子！』身後傳來怒吼聲，房門大開，呂元婷奪門而出——

但是丁禮軍沒有。

他都要跨出房門的那瞬間，肩頭驀地被冰冷的手扣住，唰唰唰的就直往後拖——倉皇回身的呂元婷彷彿看見了那天在他家的方師父，就這麼一眨眼被拖進了黑暗中。

「軍！」她歇斯底里的尖叫聲傳遍了整條走廊！「住手！」

磅——鏘——砰！

一連串驚人的聲音傳來，呂元婷嚇得腳軟的跪坐在地，連搞清楚怎麼回事都來不及，只聽見樓下汽車的警報器大作，還有路人的尖叫聲！

「有人跳樓了！」

「哇呀！快報警！快報警啊！」

走廊上其他房間的門一扇一扇的開了，呂元婷雙手掩住雙耳——禮軍！

第九章

旅館房間在二樓，丁禮軍僅僅只有扭傷跟腦震盪，不幸中的大幸，但是路過的機車騎士就很倒楣了，不僅為此摔車，甚至小腿骨裂開，送進手術室打鋼釘。

小馬先一步過來協助丁禮軍處理住院事宜，事情接踵而來，呂元婷在戴恩璇懷裡嚎啕大哭，接著找他們夫妻一夜的羅詠捷與蔣逸文才匆匆趕到。

而第六感極強，很不愛到醫院的直覺二人組，也是做好完全防護才在晚上踏進醫院，他們看著警察的紀錄，看著在手術房打鋼釘的病患資料時，差點說不出話。

「阿瑋？」連蔣逸文都瞠目結舌，「那個什麼事都很倒楣的神主牌阿瑋？」

蘇皓靖用嘆息代表一切。

路過那個被壓到的騎士就是他，剛剛好，就是他。

「流年不利嗎？」連警察都覺得這幾個人未免也太面熟了？不是前兩天家裡才發生離奇命案的新婚夫妻嗎？

「最近水逆。」羅詠捷還跟著應和。

「太太說是自摔，卻說不清楚怎麼摔的，丈夫也說得糊裡糊塗，根本記不清楚。」

警察對著呂元婷無奈的說，「所以你們沒有追究誰的責任對吧？」

呂元婷咬著唇，滿臉淚痕的搖了搖頭。

「她說都是他們的錯，他們太累了，純屬意外。」戴恩璇代表發言。

所以警方又讓呂元婷簽了些文件後，便離開了。

羅詠捷不知道能做什麼，滿肚子想說的話也找不到適當的機會說，蔣逸文只能讓她少安勿躁；警察走後，丁禮軍仍在昏迷或沉睡中，呂元婷無力的坐在外頭的椅子上，只是哭著。

「我應該拉著他一起跑的，我應該……」她只是不停的重複。

「好了好了，沒事。」戴恩璇看向羅詠捷，投以求救的眼神。

羅詠捷走到呂元婷面前蹲下，才想握住她的手，她卻如驚弓之鳥般收起，嚇得差點沒尖叫。

這讓羅詠捷呆愣住，呂元婷回神後只是哭泣。「對，我真的被嚇到了……我以為……是……」

「被什麼嚇到了？」羅詠捷不解，「不是說丁禮軍摔下樓嗎？為什麼妳剛說一起跑？」

呂元婷搖了搖頭，「師父說小桃已經走了，沒事了，但是……是她把丁禮軍扔下去的！」

羅詠捷緊張的抬頭看了眼蔣逸文，他點了點頭。

「不是小桃。」蔣逸文趨前低聲的說，「小薰說，那個新娘從頭到尾都不是小桃！」

什麼？呂元婷倏地抬頭，「還有……別人？」

「說真的，這就得問丁禮軍了。」蔣逸文挑了眉。

「我們因為小桃的姊姊來鬧婚宴，才會覺得是她，但如果有人也覺得被丁禮軍玩弄而自殺，卻沒有聲張的呢？」羅詠捷是這樣猜測，「按照那傢伙的情史，我覺得……不無可能。」

呂元婷瞪圓雙眼，豆大的淚珠一顆顆往下掉，羅詠捷不知道能說什麼，緊緊握住她的雙手，對於丁禮軍的信心，她能堅持到什麼時候呢？

「就近就有一個。」一旁傳來輪子聲，「妳知道妳的新秘也是他的女友嗎？」

什麼？呂元婷愣愣的回頭往十點鐘方向看去，走廊那兒由連薰予推來，甫手術完的阿瑋，他坐著輪椅，看上去還有點虛。

「新秘？」羅詠捷可傻了，「那個小莎？」

「對，他們還是現在進行式，之前來看婚宴場地時，我親眼看到他們在新娘休息室裡擁吻。」阿瑋膝上放著手機，蔣逸文看著他這麼拚命有點不解。

「他不是剛開完刀?」他上前。

「他說有事要跟呂元婷說，非來不可。」連薰予也很無奈，但阿瑋很堅持。

呂元婷看著他的腳，滿是歉意。「相關的醫藥費，我們會賠償的……真的很抱歉。」

連薰予看著哭到雙眼紅腫的呂元婷，腦海裡迅速閃過片段畫面，床底下的新娘、被扔出窗外的丁禮軍……他是先掉到別台車上再滾到阿瑋身上，往上看……陽台邊站著那個新娘。

「好了，幸好是二樓，算是不幸中的大幸了。」羅詠捷安慰著。

「厲鬼隨便一出手就能把一個師父殺了，怎麼會有僥倖這種事?」蘇皓靖不耐煩的走了過來，「一開始就沒有要讓丁禮軍死，不要在那邊幸與不幸。」

什麼?小馬倒抽一口氣。「我覺得我的世界亂了，居然又是那、個?」

邊說邊不安的環顧四周，這裡是醫院啊。

「觸犯太多禁忌，讓厲鬼有機可乘，這些不是巧合。」阿瑋拿起手機，「我找人來跟你們解釋清楚，等個十分鐘好嗎?」

咦?所有人都很錯愕，但阿瑋堅持人來才要說，同時連薰予總覺得有幾道毛玻璃似的東西一直阻礙她的直覺。

丁禮軍命不該絕，因為她沒有感受到強烈的殺意，而呂元婷身上，卻好像有著什麼……蔣逸文將羅詠捷拉起，場面太尷尬，不如他去買點飲料給大家喝，反正橫豎還要等個十分鐘。

「我要買關東煮。」蘇皓靖一晚上都板著臉，撂話後轉身就走。

「欸……我……」連薰予彎身耳語，讓阿瑋一個人在這裡行嗎？

他點點頭說沒問題，反正再摔也就這樣了，在輪椅上不會有事的了……醫院就這麼回事，反正他看到了就當沒看到。

連薰予急忙上去追蘇皓靖，他們準備離開丁禮軍家時，在外面被他「人贓俱獲」，他非常不高興她擅自行動，繼續插手就算了，還跑去那個極凶的家裡，連羅詠捷說情他都不怎麼理睬。

但是他很快的也知道了連薰予看到的東西，沒吭聲的跟過來，但臉色就是很難看。

「你別這樣。」她上前拉住蘇皓靖的衣角，「事情都這樣了，幫元婷解決不是很好嗎？」

「怨氣這麼重，妳能做什麼？」他斜睨著她。

「但始終沒殺害丁禮軍啊！」連薰予撒嬌般的說著，「我總覺得那個新娘有話要說。」

「那是因為她本來就不想置丁禮軍於死地，我們都感受得到那份不甘，她要做可以很乾淨俐落，別忘了那位方師父全身沒有一塊骨頭是完整的。」蘇皓靖深吸了一口氣，「這件事不會簡單收場，妳不考慮抽身？」

「不考慮，就差臨門一腳了，我懷疑跟……某個女生有關。」她更貼近了他，「我在丁禮軍家發現一件弔詭的事，你順便幫我看看吧。」

手機早拿在手上，她滑出翻拍的照片，蘇皓靖滿臉寫著不情願，依然用眼角睨著她。

「我現在心裡有多不踏實妳知道嗎？妳一天沒搬出來，我就覺得不對勁。……最讓我難受的是，我無法知道不對勁的原因。」蘇皓靖捧起她的臉，「有東西在妨礙我們的直覺，讓我們的感覺受阻，第六感變弱——」

而偏偏，從以前到現在只有一個人會讓他有這種挫敗感：陸虹竹。

「我有在準備了，我會搬出去的，我不是親手簽了合約嗎？」連薰予輕柔的環抱住他，「但我說過我需要時間，你也給了我一個月，我要給姊一個交代，我也想搞清楚所有的事情。」

什麼都不說的就搬出去，那叫逃。

她缺乏勇氣，找不到好時機與姊姊深談其實也是藉口，雖說姊姊工作忙，可是她不知道該怎麼與姊攤牌，而且身為律師的姊姊口才多好，她必須想得完全，讓姊姊無從推託。

這是她們家的事，她與姊姊，蘇皓靖不宜插手。

「所以我才不安。」他額頭直接貼上她的額，「越在乎，就越會難受妳知道嗎？」

越在乎……連薰予幸福的輕闔雙眼，聽見這樣明明平淡卻令人心跳加速的話語，她都覺得快飛上天了。

「咳！」

一旁傳來咳嗽聲，羞得連薰予驟然縮了身子想往後，蘇皓靖大手罩住她的後腦勺，不許她閃，再幽幽的往左邊看去。

羅詠捷抱著飲料，一副你們到底知道這是哪裡的神色瞅著他們……醫院裡的便利商店啊，大哥大姐！

「擋到路了！」連蔣逸文都忍不住笑，「什麼場合啊！」

連薰予急忙的掙扎，滿臉通紅。「哎！」

她縮了手簡直是逃的，她臉皮沒有蘇皓靖這麼厚啦，硬卡著不走。她都忘記這是公共場合了！好煩喔！

羅詠捷看著逃出便利商店的背影忍不住噗哧一笑，「小薰害羞時好可愛喔！」

蘇皓靖斜瞥他一眼，冷笑一聲。「幸好妳是個女的，要是男的這樣說……」

「怎樣？」羅詠捷吐了吐舌，俏皮的硬塞到他面前。「借過啦！我也要拿關東煮。」

蘇皓靖大退一步，笑看著也上前低聲問要不要拿茶葉蛋的蔣逸文，饒富興味的瞅著他們倆。

「我跟小薰已經正式交往了，你們兩個呢？打算撐到什麼時候？」

咦咦咦？一個拿袋子，一個拿夾子的手都頓時僵住，一男一女兩張臉瞬間紅得跟煮熟的蝦子一樣，誰都動彈不得，只剩下蘇皓靖狂妄的仰天大笑。

「哈哈哈哈！」

可惡的蘇皓靖！羅詠捷氣惱的緊抓著夾子，回頭與蔣逸文對到眼，唉呀……兩個人立即尷尬的轉身。

好煩啊啊！

笑聲彷彿從遠處傳來，阿瑋聽見也不敢回頭，因為他後面有個阿公一直站在那裡，嫌棄他的輪椅擋路，其實阿公只要願意走過去，是能穿過他的輪椅的……唉。

「恩璇，妳最近有跟雪聯絡嗎？」在阿瑋面前兩公尺的冰冷椅子上，掛著淚的呂元婷突然幽幽開口。

「啊？」戴恩璇明顯錯愕，嘴角微抽。「沒有啊，我以為妳們……」

後面的話沒說下去，她用力嚥了口口水，尷尬的氣氛蔓延。

「都沒有聽過她的消息嗎？她也沒找妳？」呂元婷淚眼瞧著她，那口吻聽起來有些哀愁。

戴恩璇是背對著阿瑋的，她搖了搖頭，馬尾在空中搖晃。

「怎麼了嗎？」戴恩璇的聲音壓得很輕，但阿瑋還聽得見。「雲芸說妳們吵架了，叫我不要提。」

「嗯……是吵了架。」呂元婷喃喃說著，聲音飄忽。「但是……」

但是？呂元婷垂下了頭，沒有下文，雙拳卻緊握著幾要浮出青筋。

「喂！」後頭猛然被人一拍，一個濃妝的女孩一臉不情願的站在了他輪椅後面。「你是怎樣？報應嗎？」

聲音引得呂元婷回頭，驚訝的看向來人。

阿瑋回頭看向小莎都有點困難，他頸子也有點扭到，小莎見他狼狽，興起了想跑的心，只是還沒來得及回身，蔣逸文便走回來了。

「新秘……丁禮軍的女朋友之一嗎？」

羅詠捷皺著眉，「妳來這裡做什麼？」

小莎超不爽的翻著白眼，雙手抱胸，瞪著坐在輪椅上的阿瑋。「是你們叫我來的嗎？還威脅我……」

「不爽妳可以去報警啊，鬧大啊。」阿瑋稀鬆平常的說著，「我就把妳的事都放到網路上，看以後誰還敢用妳。」

羅詠捷大概聽懂了，「哇，神主牌，看不出來你挺有兩下的耶！」

阿瑋一臉得意，「我就說在我公司附近，問一下就知道她跟哪間店比較好，我告訴她，因為她在人家婚禮上動手腳，禁忌也會反撲她，她就全說了。」

「混帳，你騙我嗎？」小莎聽出個大概了，「要幫我化解厄運是真的還假的？」

她不爽上前，握住輪椅扶把，一副要推翻輪椅的樣子，但蔣逸文更快，隻手打掉了她伸前的手，擋在阿瑋身邊禁止她輕舉妄動。

「沒騙妳，妳不會太順。」連薰予拎著一袋的食物優雅走來，「非常非常不順。」

回頭看向走來的人們，小莎有種被包圍的感覺，想找地方閃躲，只好貼在就近的牆邊。

那個，阿瑋很想叫她不要靠在扶把邊，醫院兩旁角落全是滿滿的死靈啊……瞧，現在它們都往她身上鑽了！

「是要我說什麼？他不是都知道了嗎？」小莎指向阿瑋。

呂元婷不慍不火，坐在位子上從容不迫。「妳跟丁禮軍是情人？」

「炮友。不算情人……但我很喜歡他。」小莎聳了肩，「我是他妹妹的同學，你們應該都知道吧。就是這樣介紹給妳當新秘的啊。」

「所以妳是刻意要破壞他們婚禮才當新秘的嗎？」羅詠捷覺得不齒，這種新秘！

「不是，我以前就很喜歡丁禮軍，同學的帥氣哥哥，是成為妳的新秘後才跟丁禮軍搞上的，他真的很帥……」小莎這麼說時，眼尾卻瞥見了蘇皓靖。「還不錯帥。」

「妳做了什麼？」連薰予只想知道這個，「扣掉妳屬虎外。」

「什麼？」戴恩璇吃驚的喊了出來，「妳屬虎？」

新秘撇撇嘴，「都什麼年代了還計較什麼，難道屬虎的都不能當新秘喔，我們就早說一年就好了，說穿了都迷信啊！」

「我們防堵成這樣，結果……」戴恩璇嘖了一聲。

「我也沒幹嘛，都是些小事，雖然跟丁禮軍是炮友，但也不代表我要祝福妳。」小莎意外的乾脆。

除了屬虎外，她能做的全做了，偷撿扇子回來還亂揙，原本要藏到床底下，結果因為東西太多意外掉了，但她並不知道掉在蘇皓靖的車上；再來是她趁新娘不注意時坐了床。

都是微不足道的小事，但目的就是不希望呂元婷與丁禮軍的婚姻幸福。

「妳這種人怎麼能當新秘啊，一點祝福的心都沒有！」羅詠捷深深為呂元婷抱不平，「我一定要宣傳！」

「喂，說好不講我才來的耶。」小莎立刻看向阿瑋。

阿瑋連忙伸長手，朝羅詠捷那兒招。「我答應不放上網，但是她得說明她做了什麼。」

羅詠捷忿忿一瞪，「那是你答應，我可沒有。」

唉，蔣逸文無奈極了。「羅詠捷！」

「可是——」羅詠捷真的怒不可遏，就是想嚷嚷。

這邊起了小爭執，呂元婷這位當事者卻很平靜，她右手不停地摩挲，像是在搓著什麼。

嘻笑聲歡樂不已，連薰予再次感受到那份青春，但是接下來卻有著歇斯底里，吵架與怒吼，連同另一失蹤伴娘都……失蹤的伴娘？

連薰予一怔，下意識回身找蘇皓靖，他沉靜堅定的點了點頭。是的，沒錯。

應該在處理朋友失蹤的戴恩璇，從到這裡後似乎都沒提起過詹雲芸的狀況？

連薰予才想張口追問，卻看見了呂元婷指尖裡揉出的物品，在雪白但通亮的醫院走廊上，還是綻出了令她發冷的光芒——戒指。

那個海邊的自拍特寫照，後面那個女生一隻手勾著呂元婷的頸子，一隻手……

「那個女孩是誰？」連薰予驀地上前，將手機遞到呂元婷面前。「妳手上那枚戒指是她的吧？」

喝！呂元婷嚇了一跳，右手立即把戒指收進去，不明所以的看向小薰。

羅詠捷嚇了一跳，怎麼突然間跳到那裡了。「元婷，我今天不是說要去妳家嗎？在妳家的相片中看到這些照片，小薰說沒見過其中一個女孩……但是感覺以前妳們四個人感情很好？」

戴恩璇略咬了咬唇，轉向他們暗示不要提。

「在婚宴現場的影片裡，卻沒有那些照片，完全沒有那個女孩的身影，我可以確認。」蘇皓靖閒步走來，「戒指是她的，是相當珍惜的物品？」

「為什麼你們會……」戴恩璇吃驚的看著蘇皓靖，再瞧向連薰予。「你們不是說沒見過程岱雪嗎？」

程岱雪，女孩終於有了名字。

羅詠捷焦急的拿起手機查看下午拍的照片，她怎麼就沒看見誰手上有戴什麼戒指？而且距離這麼遠，小薰怎麼知道那戒指是誰的？如果是呂元婷的婚戒呢？

照片裡的女孩另一隻手揮舞著，根本只有側面，勉強可以看出她有戴戒指，但完全沒有戒指的樣子啊——蔣逸文暗暗讚嘆了聲，不愧是直覺強的人，怎麼樣就是知道戒指是那女孩的。

「我剛被嚇醒時，戒指就擺在手機旁，禮軍放的。」呂元婷聲線緊繃，「他說他是在浴室裡看見的。」

丁禮軍，蔣逸文心裡暗叫不妙，總不會連人家的閨密都沾吧？

「丁禮軍見過那個程岱雪嗎？」蔣逸文果然發出疑問。

「哼！」小莎在後面冷笑一聲，突然覺得自己很慘，不知道是幾百個炮友之一？

「喂喂！等一下！」小馬忍不住出聲，「我是不想插嘴，你們越講越誇張！禮軍感情觀是隨便了點，但他不至於去沾未婚妻的朋友！這……蘇皓靖，你倒是說句話啊！」

蘇皓靖倒抽一口氣，「等一下，你要我回答是怎樣？幹嘛問我！這針對性太強了！」

「不是啊，問你最準啊！你會招惹未婚妻的閨密嗎？」

「我連單純的都不沾了，不要把丁禮軍跟我相提並論，好嗎？」蘇皓靖無奈極了，當眾摟過連薰予。「而且我現在名草有主，只一個，正式女朋友。」

哇哇……羅詠捷看了心情激動不已，卻又偷偷瞄了蔣逸文……一轉身，兩個人居然又四目相對！

連薰予無力又好笑，「我們誰都不是丁禮軍，誰都不能確認……妹妹的同學他都不客氣了不是嗎？」

「那是我主動的。送到嘴邊的肉誰不吃？」小莎大方的承認，湊上前瞥了眼手機畫面。「咦？這個女生？我見過耶！」

什麼？連薰予即刻回頭，「誰？程岱雪？」

羅詠捷連忙把照片放大給小莎看，她突然又遲疑了，呂元婷的全身緊繃，蘇皓靖回身向她要了那枚戒指。

呂元婷遲疑幾秒，還是把戒指給了蘇皓靖。

「我去洗手間一下。」戴恩璇起身，拍了拍呂元婷，她憋得慌。

星月樣式的戒指只是捏在指尖，都能感受到那份強大的執著，這絕對是照片裡那個女孩的！

※　※　※

連薰予感受到了哭泣與婚紗，還有那枚在手上閃閃發光的戒指，女孩極為珍惜的，盈滿深刻愛戀的心。

「那是刻骨銘心的愛，所以才會有龐大的怨，那真的不是小桃。」連薰予顫抖著深吸了一口氣，「那個程岱雪，人呢？妳在哪裡見過她？」

小莎有點不安了，她覺得氣氛怪怪的，為什麼扯到怨氣？想到丁禮軍家的慘事、禁忌跟……天哪！

「不是我不是我，我就是搞小把戲而已，不要來找我！」她突然慌了起來。

「別鬧，說啊！妳在哪裡見過照片裡的女孩？」連阿瑋都急了。

「她來拿婚紗啊！」小莎哭了起來，「婚禮前兩天她們先來拿婚紗不是嗎？」

什麼？呂元婷震驚的起了身，「婚禮前兩天？婚紗不是當天妳帶來的嗎？」

「對啊！那天早上妳帶來的啊！我在現場……」羅詠捷原本求救般看向蔣逸文，問題是那天他沒這麼早到。「反正就是妳帶來的，詹雲芸那時拎著進來跟我們說新秘到了啊！」

詹雲芸拎著衣服……

「她拿著禮服進來的，並不是你們親眼看見小莎帶著禮服進你們家的對吧？」蘇皓靖瞇起眼打量，「我看開門的……正是詹雲芸？」

呂元婷眼神飄遠的回憶，點了點頭。「我們都在忙，是雲芸招呼的……」

連薰予彷彿都能看見，開門迎小莎進來的詹雲芸，悄悄把不知道藏在哪裡的婚紗拿出來，大方的帶進新娘房間，說新秘到了，自然的舉動加上言語，大家都會以為是小莎把禮服帶來的。

那要怎麼避開小莎的視線？連薰予看向小莎，「妳被支開了，要妳把鞋子放到特定地點？」

小莎有點震驚，「對……」

這個女生不是後來才來接她嗎？早上她沒在新娘家啊！

「等一下啦，早兩天是什麼意思？所以說伴娘先把婚紗提前借走了？」阿瑋急著想知道。

「我沒有！多一天都要付租金，我拿回家擺又沒意義！」呂元婷肯定的說。

「兩天！妳提早兩天，要查公司都有紀錄，是妳說想要拍照的啊……妳伴娘說的，每次都是她陪妳來的。」小莎急著指向照片，「不過那天來拿婚紗時，不是剛剛坐在那邊那位，是照片裡這個。」

詹雲芸？呂元婷撫著胸口，踉蹌不支的往後退，蔣逸文就近趕緊攙住她，一晚上事件太多打擊太多，就怕她受不住。

「為什麼……到底怎麼回事？」

什麼扇子、屬虎都是芝麻蒜皮大的事，或許都觸犯了禁忌，或許積少成多的成了大事，但最關鍵還是婚紗。

「姊跟我說，要是婚紗重複穿就麻煩了。」連薰予朝蘇皓靖低語著，「妳的伴娘把婚紗提早借出，絕對是去做文章，這也是為什麼你們看見婚紗一直有狀況。」

還有，那始終穿著婚紗的新娘！

「那位伴娘呢？詹雲芸？」阿瑋問著，同時不安的朝前看。「剛剛那個戴恩璇也是伴娘不是嗎？」

「詹雲芸失蹤了啊，今天陪他們去納骨塔祭拜小桃時失蹤了！」蔣逸文立即回身，「戴恩璇報案了對吧？」

沒有，這個直覺幾乎是同時在連薰予與蘇皓靖腦海中響起的。

「我看根本沒這件事，沒有報案也沒有失蹤。」蘇皓靖用斬釘截鐵的口吻說著，「查一下就知道了。」

「戴恩璇從剛剛見面到現在，沒有提過一句關於詹雲芸失蹤的事……」連薰予轉向剛剛她去的方向，「羅詠捷，妳要去洗手間看一下嗎？」

嗯……羅詠捷一時跟不上他們說話的速度，但跑腿這事兒沒問題，即刻衝向走廊另一頭的洗手間；同時蔣逸文查詢新聞，阿瑋則呆然的坐在輪椅上，腦子裡回想著今天早上室友在餐桌上的「留言」。

「早上出門前，我室友用咖啡渣拼成了一件新娘禮服。」他突然出聲。

蘇皓靖略深吸了一口氣，連「室友」都佐證了。

「所以你有沒有覺得它是在警告你不要插手這件事？」蘇皓靖搖了搖頭，「結果你還是被牽連成這樣。」

「我以為他是提醒我新秘有問題，所以我今天才去找小莎，一得到消息我就急著想來找新人了。」阿瑋越說越小聲，結果才騎到旅館，都還沒進大廳呢，就被新郎壓傷了。

小莎心慌的站在角落，她越來越冷，越來越不安，那天真的是那兩個女生來拿婚紗的，她們說新娘想要自己多拍兩張，租金還是現場付清的。

蔣逸文怎麼找都沒有找到有人失蹤的新聞，同時羅詠捷從洗手間的方向奔回，驚恐的搖著頭：戴恩璇不在！

呂元婷下一秒雙膝一軟，蔣逸文急忙架住了她。

「我的伴娘……」她揪著心口，痛得皺起眉。「為什麼！」

蘇皓靖端詳著手上的戒指，好整以暇遞還給呂元婷。

「或許該問她吧。」

第十章

婚禮當天，有個抱著孩子的女人坐在階梯上對吧？連薰予絞著雙手暗自回想，現在仔細推敲起來，那個血淋淋的女孩根本沒有身著婚紗！那才是小桃！

婚宴上一開始就有兩個女人啊！一個是小桃，另一個是身著白紗，手戴手套，死抓著新娘裙襬不放的另一位新娘！

呂元婷從震驚到氣憤沒有幾分鐘時間，接著便瘋狂撥打閨密們的電話，怒急攻心，連薰予老遠都能感受到她隨時想砍人的滔天怒火。

護理師氣急敗壞的找來，罵著剛開完刀的病人為什麼會被推出來？大家連連道歉後，蔣逸文送阿瑋回病房，阿瑋還很可惜的說想知道究竟發生了什麼事。

接著放了小莎一馬，她還有臉叫大家再三保證不會把這件事放到網路宣傳，不然她以後真的很難做新秘了。呂元婷則要她保證不再跟丁禮軍聯繫，她悶悶的說丁禮軍婚後就沒理她了。

婚後？接連的意外跟命案，丁禮軍最好是有時間理她。

羅詠捷不悅的抱怨，現在情況看起來就是丁禮軍暗暗出手，背著呂元婷跟那位程岱雪在一起吧？想想看，對妻子的閨密下手，但還是跟呂元婷結婚，那位程岱雪情何以堪？

「婚宴影片裡幾乎沒有程岱雪的身影，這於情於理說不過去，除非呂元婷早就知道這一切。」蘇皓靖打了個呵欠，「這件事背後還有鬼，只是呂元婷不願說而已。」

「內幕？」蔣逸文眉頭深鎖，站在病房外，斜望著沉睡中的丁禮軍。「這傢伙總不會跟每個閨密都有染吧？」

「禽獸。」羅詠捷義憤填膺的罵著，「所以她們搞失蹤也是假的嗎？」

連薰予瞄向呂元婷包包裡的半截綠色袖子，燒毀的痕跡讓她渾身發毛。

「不全然……我覺得那個詹雲芸的失蹤不太對。」連薰予難受的搓著雙臂，「我那天就跟蘇皓靖說過，這場婚禮太不祥。」

瀰漫在負面情緒裡的婚宴，見不到一絲明亮的悲慘。

「我們再不回去也要不祥了，妳手機是不是關靜音？」蘇皓靖冷冷的說，「我不信陸虹竹一晚上都沒打給妳。」

「咦？」連薰予登時倒抽一口氣，「糟糕了啦——」

她真的調成無聲了，手機一拿出來，看見幾十通未接來電都要傻了，焦急的拿著手機到旁邊去聽。

「姊姊很關心小薰呢！」羅詠捷泛出微笑。

「嗯，很、關、心。」蘇皓靖每個字都不太客氣，「我要帶她回去了，這渾水不想蹚……」

唉！羅詠捷驀地上前拉住他，「蘇先生，蘇帥哥，既然這麼不祥，就幫幫同事啊！」

「我離職了。」前同事，不必扯上太多關係。

同事就只是剛好在同一個職場工作的人罷了，不是嗎？

「小薰應該不會放手吧？現在那個亡者新娘如果執著想當新娘子，那麼呂元婷就會有危險吧？」蔣逸文無奈的看著蘇皓靖，「可以的話……」

「問題在那件婚紗，而且我覺得一切都已經來不及了。」蘇皓靖緩緩向右方看著遠遠的呂元婷背影，她依舊咬著牙在打電話。

「來不及是什麼意思？」羅詠捷心頭涼了半截。

「不知道，但我就是覺得來不及。」蘇皓靖深呼吸，他沒辦法感應得更深。是誰？到底為什麼要屏蔽他們的直覺？

「我不管了，我要直接去找人攤牌。」呂元婷腳步聲重重踩在地上，一路從左方走回。「太過分了，這真的太過分！」

她的右手仍舊緊緊掐著那枚戒指，青筋都浮在血管上，拎了包包就要走。

「等等，元婷！等一下！」羅詠捷趕緊上前，「妳是要去哪裡？」

「去找……我朋友。」她明顯的頓了頓，「她們一定是聯合起來的！搞什麼失蹤，裝什麼朋友！」

「妳覺得那個新娘是妳朋友嗎？」蔣逸文尷尬的問著，「妳知道這樣好像代表著……」

那個朋友已經……不在了？

「不是！這是兩碼子事吧，丁禮軍的情史是一件事，我現在要處理的是……」她更加用力握拳，「我跟我朋友有另外的事要解決，我早該想到這枚戒指怎麼可能無緣無故出現在飯店房間裡，因為詹雲芸有另一張房卡！」

噢噢，聽起來是詹雲芸假裝失蹤，卻先一步回去呂元婷他們的飯店房間嗎？

可是，剛剛小薰卻說，那個詹雲芸的狀況不太好耶……

「好了，我跟姊說了，我會晚點回去。」連薰予趄回，走沒兩步便頓住。「元婷，深入下去不一定會有好的結果。」

她不該離開這裡，這是說不上來的感覺，就是不該。

呂元婷連回頭都沒，揹上包包，就要離開了。

「呂元婷！」小馬從丁禮軍的病房裡走出，「妳聽我一句話，事情絕對不是妳所想的那樣。」

呂元婷擰著眉看向小馬，一副她現在什麼都不想聽的模樣，別過頭。「你又不知道我在想什麼。」

「禮軍對妳是認真的，他不可能沾惹妳朋友！」小馬語重心長，「我知道他感情觀很隨便，但他也說過婚前本來怎麼樣都無所謂，結婚就是硬傷，但是他卻為了妳，願意走入婚姻——這樣的情況，我不覺得他會去招惹妳朋友。」

蔣逸文很不想吐糟，啊跟小莎在結婚前幾天照樣天雷勾動地火的？要怎麼說？

「我知道了，」呂元婷用力的深呼吸，「禮軍暫時麻煩你了。」

「好，放心吧！」小馬不愧是伴郎，絕對站在丁禮軍這邊。

呂元婷頷首疾步離去，羅詠捷急忙跟上，嚷嚷的說要陪她去，蔣逸文很無奈但也不可能放她一個人，而說到底，現在這種狀況，讓呂元婷一個人去他也的確放心不下。

回頭向連薰予投以求救的眼神，她只是淺笑，但終究點了頭。都跟姊說要晚點回去了，因為她知道，這件事必須速戰速決。

「連薰予。」蘇皓靖走向她，「我的直覺被蓋住，我無法預料等等會發生什麼事。」

「但我們知道今夜很難熬，我不能放呂元婷一個人面對。」她勾住他的手，「總是要走向終點。」

「這是不對的，有什麼在阻礙我們的第六感，這樣像是往陷阱裡踩。」蘇皓靖拉住了她，「妳我都知道，有什麼在黑暗中蠢蠢欲動。」

連薰予泛起微笑，柔膩的撫摸他的臉頰。

「我不願意這麼想，或許我們的能力正在退去？這不是很好嗎？」他該知道，這樣的能力帶給他們的痛苦大過於幸福。

蘇皓靖將她的手壓在臉上，搖了搖頭。「妳明知這是自欺欺人。」

他們在一起，應該只是讓第六感增幅而已？不該是這樣。

「為什麼有人要對付我們？」她上前笑著，「別又說是姊，不會是她。」

蘇皓靖不想跟她爭論陸虹竹的事，他自然知道連薰予立場微妙，只是看著走出去的蔣逸文。

「說好明天去看妳爸媽的，這樣一搞是要到天亮嗎？」蘇皓靖厭煩的抱怨著。

「不去我睡不好。」她撒嬌般的說著，「我沒辦法像你這麼不在意啊！反正今晚會結束對吧？」

是啊，今晚會結束。

蘇皓靖摟著連薰予一道往外走，蔣逸文在門口等他們。

「我不需要你們跟。」呂元婷在遠方跟羅詠捷嚷嚷著，「我自己的事我自己解決！」

就說有內幕了。蘇皓靖扯著嘴角。「事情絕對不是憨人想得這麼簡單。」

「已經夠複雜了，那個鬼新娘的事還沒解決，不是小桃，她又說不是程岱雪？」蔣逸文一個頭兩個大，看著羅詠捷在跟呂元婷拉扯。「然後伴娘又鬧這齣……」

「那件婚紗還在呂元婷家嗎？」連薰予最不安的是那件婚紗，「問題的起點在那件婚紗，提前借走兩天去做了什麼手腳……我跟蘇皓靖先去她家拿婚紗好了，鑰匙給我。」

下午才去過呂元婷家的，鑰匙應該還在羅詠捷身上。

「啊？鑰匙剛還給元婷了。」蔣逸文看著甩不掉羅詠捷的呂元婷，不知道為什麼有點好笑。「戴恩璇跟我們要……咦！」

他陡然一怔，戴恩璇！

瞪大眼與連薰予他們四目相對，空氣中彷彿傳來一陣無聲的「哎呀」，蔣逸文立刻拔腿朝羅詠捷那邊奔去，大喊著不要爭了快上車！

蘇皓靖又「哎」了好大口氣，轉身朝車子那兒走去。「走吧！希望另一位新娘是理智派的。」

「應該是吧！」連薰予小跑步追上，握住了他大張的手掌。「丁禮軍不是沒事嗎？」

※　※　※

拗不過的呂元婷只好讓蔣逸文載她到半小時車程外的隔壁市區，半夜兩點的外頭非常安靜，這裡雖是高樓林立，但有一區是年代較久的房子，四層樓高沒有電梯，牆上蓋著「本棟即將拆遷」的字樣，只剩下零星住戶住在這裡。

「都更區……」蔣逸文記得這裡都談妥了，「應該再不久就要搬了吧？」

「好幾年了，大家就是陸續搬。」羅詠捷倒是挺清楚的，「這邊的租金很便宜呢，店面租金也一樣，都短期的，應付隨時的變化。」

蘇皓靖沒有關切這一帶，一來離他家遠，二來這裡……他隨便往旁一瞥，連薰予打了個哆嗦，這令人極度不舒適的氛圍……每一個幽暗的角落裡，都藏著飄蕩的遊魂。

現在所有的壓力都朝著他們而來，許多亡者紛紛往這夜半來訪的訪客張望。

連薰予關上車門，開始猶豫要不要跟著呂元婷往前走了。

蘇皓靖也感覺到不妙，這裡有一些不尋常的東西存在，令人心浮氣躁、心神不寧，又完全掌握不到虛實。

朝著連薰予伸出手，她憂心的上前握住，緊緊的偎在他身邊。

雖然呂元婷叫大家在樓下等就好，但根本沒人會聽，她也已經沒空拒絕羅詠捷，焦急的衝上四樓；四樓便是頂樓，一路上看不出來有沒有其他住戶，的確是舊公寓，鐵門跟樓梯間都是舊樣式的。

到了四樓的左側藍色鐵門，上頭的漆都已剝落鏽蝕，相當有年代的鐵門，結果呂元婷連按電鈴都沒有，就從包包裡拿出一串鑰匙，直接開了門！

咦咦！羅詠捷嚇一跳，這裡並不是呂元婷的娘家啊！

「詹雲芸、戴恩璇、程岱雪！妳們給我出來！」一進門，呂元婷就怒火中燒的大吼。

聽她喊的是伴娘的名字，羅詠捷嚇了一跳，敢情閨密是分租住在一起啊？那呂元婷還有鑰匙？

一進屋，屋裡黑漆漆的，呂元婷自然的往牆邊打開電燈，但是噠噠扳了好幾次，屋子裡的燈愣是不亮。

「搞什麼？出來！」呂元婷繼續嚷嚷，「不要裝模作樣了，我知道是妳們在搞鬼！」

一屋子寂靜，燈完全開不了，蔣逸文趕緊將羅詠捷拉近身邊，打開了手機的手電筒，刺眼的亮白燈一照，才發現這客廳相當狹小，不過三坪大，就一座小沙發、一張茶几與一張佔掉一半空間的神桌。

神桌上的蓮燈俱熄，連神像也都東倒西歪，每一尊不是背面牆就是面桌。

「這是怎麼回事？」蔣逸文不安的照著客廳，還真的什麼都沒有，燈光一路自左邊照去，這屋子是狹長型的，旁邊就是一條細窄的長廊——喝！

燈光掃過，一襲白紗就在走廊上！

「哇啊！」羅詠捷失聲尖叫，嚇得呂元婷也連連後退。

連薰予狐疑的站在門口往裡探，看著蔣逸文發抖的燈光落在廊上的白紗禮服上。

「只是衣服。」她柔聲說著，「大家不要緊張。」

只是衣服？羅詠捷抓住蔣逸文的手操控手機由上而下的照著，哪裡只是一件衣服而已？那是婚紗啊，而且——

「這不是元婷的婚紗嗎？」應該掛在她家客廳的那件。

呂元婷聞言，緊掐著手上的手機，緊張的往前探，她自己的婚紗自己最清楚……果然，就是她一直放在家裡未歸還的婚紗，竟被繩子繫著，吊在這條走廊上

「戴恩璇有鑰匙，對吧？」蘇皓靖涼涼的靠著大門，「以距離來說，時間應該來得及。」

藉上洗手間尿遁，拿著鑰匙回到丁禮軍家，取走婚紗再離開，這不必五分鐘的時間，再直接過來這裡，加上呂元婷在醫院還耽擱了半小時才過來，又是半夜不會塞車，根本綽綽有餘。

「這樣吊真的嚇死人！」蔣逸文的心臟都快跳出來了，「而且斷電是怎樣？增加氣氛也不是這樣搞的吧？」

「拿我的婚紗做什麼？詹雲芸！滾出來！」呂元婷氣得往前，直接走向婚紗。

這條走廊很長，如同這間屋子的構造，三間房間都在這條廊上，左二右一的陳設，婚紗就被吊在中間；羅詠捷還緊張的揪著蔣逸文的衣服，呂元婷膽子真大，她就不怕走到一半旁邊的房門陡然拉開嗎？

呂元婷的怒氣凌駕了一切，她來到婚紗前，看著吊起它的釣魚線，火冒三丈。

「妳們在玩什麼把戲？」她嚴厲的低吼，「究竟想要鬧什麼？」

唰——白紗後的門陡然敞開，那聲響就嚇得羅詠捷退避三舍了，門邊的蘇皓靖卻忍不住笑起來。

「這麼愛管閒事還怕？」他搖著頭，連薰予還回頭朝他擠眉弄眼，別笑羅詠捷嘛！

白紗後的門出現了一抹人影，呂元婷遲疑的拿起自己的手機照過去，看見的卻是一個亂髮覆面的女人，全身是血的朝她奔過來！

「呀呀——」呂元婷終於嚇到了，她踉蹌的後退，甚至還因此跌坐在地！

當她屁股著地的瞬間，右手邊的就近房門啪的拉開！

「哇啊啊——」呂元婷雙手緊掩著臉，開始歇斯底里的長嘯。

『我……才是新娘子……』哽咽的哭聲從那間房間傳來，『明明說好的，最美的新娘應該是我啊——嗚哇哇——』

崩潰的哭聲傳來，呂元婷恐懼的撐起身子，連連用手往後滑動，蔣逸文跟羅詠捷都已經快逃出門外了，反而是平時膽子不大的連薰予動也不動，看著拚命挪到客廳的呂元婷。

他們彼此都知道，現在不是他們插手的時候。

白紗後的人影以一種奇怪的扭曲姿勢走來，那吊著白色婚紗的線輕輕一扯就斷了，白色婚紗直接落在地上攤成一團。

「我的天哪我的天哪……」羅詠捷直埋進蔣逸文懷裡，蔣逸文才想哭，但他能躲到哪裡去啊！

那個女人走路的姿勢好奇怪啊！

『戒指……在妳那邊嗎？』虛弱的聲音傳來。

聲音不一樣？連薰予專注的看著那個始終站在白紗後的身影，即使伸長了手，也沒有要趨前拿戒指的意思。

腳軟到站不起來的呂元婷看著都要嵌進掌心的戒指，戰戰兢兢的仰視著那黑影。

「妳是誰？」

『妳說……我該是誰？』女人說著，『婚戒與婚紗都在了……都齊全了，就差妳了。』

呂元婷用力深吸了一口氣，全身都在抖，下顎極度緊繃，看著躺在掌心裡的戒指，冷不防坐起身子就朝那黑影扔了出去！

「拿去！還給妳！」她怒吼著，「我這麼信任妳們，妳們三個居然聯手——到底想做什麼！」

「呂元婷，我不認為妳父親的意外或方師父的死，跟現在的人有關。」連薰予冷靜看向婚紗後的人，「她不是纏在婚紗上的那個亡靈。」

『為什麼要這樣對我！我明明這麼的愛妳！妳也說過最愛我的啊！』哭泣聲登時傳來，這聲音卻來得更遠，是在走廊末端。『說好的海島婚禮呢？說好的一輩子呢！為什麼只有我被扔下了！』

呂元婷雙腳抖得厲害，白紗後的身影突然轉身，拖著步伐往後走去，一步一步，走得歪斜扭曲。

『妳一點愧疚之心都沒有嗎……』白紗後的女人用質問的語氣，『騙子！』

「我……我沒有！」呂元婷恐懼的尖吼著，「我沒有！」

「哎！」門邊的蘇皓靖突然拉過蔣逸文，嚇得他差點大叫。「你卡好門。」

「……好。」蔣逸文抱著羅詠捷，兩個人抱在一起發抖。

連薰予終於也進屋，由後攙起呂元婷。「沒事的，元婷，妳站起來！」

「這麼拙劣的把戲要玩多久？」蘇皓靖大步的跨過呂元婷身邊，直接轉身往右邊的房間去，沒兩秒便拎著一個藍芽喇叭出來。

腳步不穩的呂元婷整個人倚在連薰予身上，她使勁才撐住她，呂元婷看著蘇皓靖把喇叭扔給她，逕自往走廊尾端走去，甚至連手電筒都不開，急得羅詠捷連忙協助照明。

來到婚紗前時，他低首沉吟數秒，回頭看向連薰予。

「不要碰這個。」

「我明白。」那才是極度晦氣的東西，光是擱在這走廊上，就令人渾身不對勁。

蘇皓靖小心的大步跨過婚紗，一路往下走去，跑到連薰予身邊的羅詠捷高舉起手機照明，慌亂得不知所措。

「走吧。」連薰予輕推著呂元婷，要她跟上蘇皓靖。

「走……」呂元婷摀著胸口，驚慌的連連搖著頭。「我不要，那個是……」

餘音未落，蘇皓靖從婚紗後左邊的門步出，拎出另一個喇叭，羅詠捷緊皺起眉，忍不住狐疑的張望。「是假的嗎？」

連薰予點點頭，「裝神弄鬼吧！」

她輕哂，呂元婷這才領悟般的倒抽一口氣，恐懼的神情瞬間被憤怒覆蓋，甩下連薰予，踩著怒火的步伐朝前走去。

雖說是裝神弄鬼，但喇叭裡被放出來的哭聲是真實的，那裡面夾帶著真切的悲傷與怨恨，更可怕的是，這份濃重的怨恨依然盤旋在這間屋子裡。

連薰予也跟上前，跨過可怕的婚紗後，走完這條長廊，就可以看見牆上隱約的紅光來自何處。

長廊底端是個方廳，廚房與餐廳的位置，靠牆立了張桌子，紅光來自於上頭的蠟燭，而蠟燭後頭，是在跳躍燭光中的一幀照片。

「啊咧，那是遺照嗎？」羅詠捷登時傻住，「這、這是靈堂嗎？」

是啊，這就是迷你靈堂吧！

在手機的照耀與燭火交映下，氛圍更顯詭譎，躍動的燭光下可以看見照片上是個女孩，眉清目秀，生得嬌俏。

蘇皓靖走到了靈桌前，一晃眼彷彿看見了身披新娘婚紗的她……曾坐在丁禮軍家的客廳掩面哭泣。

「是那個新娘……」蘇皓靖蹙起眉心，回身問向呂元婷：「她才是那個穿著婚紗的鬼新娘，這不是小桃吧！」

呂元婷沒有回答，她瞠目結舌的看著那簡易靈堂，瞪大的眼裡充滿了不可思議。

「不……不對，不可能！不可能——」

她舉步維艱的走向桌前，顫抖的嘴像是低喃著不可能不可能，持續重複不斷。淚水瞬間奪眶而出。

「開什麼玩笑！這太過分了——詹雲芸！戴恩璇！」她倏地朝空間大吼，「妳們給我滾出來！」

啪，屋裡的燈突然亮起，守在門口的蔣逸文還為此嚇了一大跳，接著在那條廊上的左右各一間房中，走出了剛剛那令人嚇破膽的長髮女人，回頭看了他一眼。

「麻煩關門，謝謝。」看清楚後，發現那是戴恩璇，蔣逸文才鬆了口氣。

從末間走出的便是詹雲芸，她站在末間門口，接著轉身拾起了在走廊上的婚紗……不過她神情很怪，走路也不太正常，拿起婚紗後是用捧的，仔細而珍惜的捧著。

呂元婷自尾端衝到廊上，看見兩個女人的身影更是怒不可遏。

「搞什麼東西！」她怒火滔天。

「就妳看到的那樣。」戴恩璇走到詹雲芸身邊，停了三秒卻不太敢碰她，選擇逕直往前。「原來妳還知道流淚啊。」

連薰予看著照片裡的女孩，那就是海灘照裡的第四個女孩：程岱雪。單單這樣看著，她就能聽到哭泣聲似的，絕望到痛心的哭聲。

「岱雪呢？」呂元婷雙拳緊握，質問著走來的戴恩璇。

「不是在這裡嗎？」戴恩璇閃過她時，還刻意用肩頭撞開。

抽起香，她從容的點燃，朝著照片裡的人拜了又拜。

「騙人……妳們為什麼要這樣？是在整我嗎？岱雪為了報復我？」呂元婷衝過來，不客氣的抽起戴恩璇手上的香，狠很的朝著遺照扔去。「程岱雪，滾出來！」

「她已經死了。」蘇皓靖打斷了這僵硬的場面，「這是真的靈堂，照片裡的女人已經不在了，而且……」

他抬頭看向天花板，再回身環顧房子，連薰予上前勾住他的手臂，然後他們視線停在尾端的房間裡。

「這裡吧？是在這裡死亡的……炭？」連薰予顫了一下身子，她彷彿聞到了燒炭的味道。「她也是燒炭自殺的？」

「不只，死意挺堅決的……」蘇皓靖覺得有些反胃，「還有藥物吧！」

什麼？呂元婷氣急的上前，不客氣的揪住戴恩璇的衣服。「他們說的是真的嗎？不要騙我！」

這時的蔣逸文戒慎恐懼的走過詹雲芸身邊，她怎麼看怎麼不對勁，因為詹雲芸半句不吭的跪在地上，緊緊抱著白紗禮服，整張臉都埋了進去，彷彿在哭泣似的詭異。

戴恩璇有點詫異，她不知道為什麼連薰予會知道這麼多。

「是，她現在還在冰櫃裡，我們暫時瞞住她的死訊。」戴恩璇冷靜的回應，不爽的抓住了呂元婷的手。「妳憑什麼發火？妳算哪根蔥啊，她會死還不是因為妳！」

呂元婷怒目相瞪，「我？為什麼會因為我——我跟她說過了，是她不想分手的！」

嗯？羅詠捷一愣，現在是在演哪齣？她錯愕的看向連薰予，得到了肯定的頷首。

是，深刻的恨意來自於更深的愛，成為新娘是這女孩唯一的執著。

「大家的方向都對，的確是個深愛著、卻沒成為新娘的女孩，死後的怨念沖天，成為新娘是她唯一的執著。」蘇皓靖嘆了口氣，「只是大家都怪錯對象了，這次可不是我們男人造的孽——」

「她才是愛吃甜的那個吧？」連薰予苦笑著，那個叫丁禮軍多加蜂蜜的女孩。

蔣逸文錯愕的看著呂元婷，「呂元婷？」

羅詠捷至此終於明白，方師父去探查那天，為什麼她覺得詹雲芸說話很尖銳，眼尾卻彷彿瞄著呂元婷。

『這不就是欺騙人感情要付出代價嗎？如果要跟別人在一起，就先把上一段解決乾淨不是嗎？』

她是在指桑罵槐啊！

「我提分手了，我跟她提分手了！」她說著熟悉的論調，「是，我曾經以為我會跟她永遠在一起，我們也為同婚努力過，但是、但我沒有想到我會遇到丁禮軍！」

雙性戀，連薰予看著始終帥氣的呂元婷，她原本就獨有一股中性美，過去也總是短髮或半長髮居多，舉手投足可謂英姿颯爽，在與丁禮軍在一起前，真的少見柔美，反而是一種乾脆大方的氣質，說是風度翩翩也不為過。

自從跟丁禮軍交往後，她便有了巨大的改變，頭髮留到肩上，也試著做柔性打扮，甚至出現罕見的裙裝，但那大刀闊斧的風格依然不改，除了與男友在一起的嬌態外，還是大家熟悉的呂元婷。

她始終能在呂元婷身上感受到複雜的情感關係，原來是這麼回事啊……眼尾瞥了不知何時又黏在一起的蔣逸文與羅詠捷，這兩個就單純多了，心裡眼裡就只有彼此而已。

「妳答應過岱雪要娶她的！等同婚一過，妳們就要去登記結婚，還要辦海島婚禮，讓她當最美的新娘。」戴恩璇咬著牙，氣憤的甩開呂元婷。「結果妳居然悔婚！」

「承諾誰都會說，哪個人在熱戀時不是在那邊指天誓地的？熱戀期過了就另一回事了！」呂元婷咬著牙，「照妳們的邏輯，那每個人一生就只能談一次戀愛了，不能分手的嗎？」

「妳少在那邊藉口一堆，妳已經跟她求婚了！我跟詹雲芸都是見證，我們還有錄影！」戴恩璇直指遺照，「求婚後不到一個月，妳就跟丁禮軍在一起，甚至沒跟岱雪說，享受著兩個情人，兩種身分的愛情！」

「我不是怕傷了她嗎？妳也知道我才剛求婚完，轉身叫我跟她說我愛上直男？連我自己都不知道我是雙性戀好嗎？」呂元婷努力平復心情，但還是咬著牙說道：「我在婚前還是告訴她了，我想跟丁禮軍走一輩子，想當正常人的夫妻……」

蔣逸文不由得蹙眉，「正常人？」

這幾個字聽起來真刺耳。

「就是普羅大眾眼裡的正常，一男一女共組家庭。」呂元婷轉了半身，「像你跟羅詠捷一樣，我愛丁禮軍，我想要跟他共組家庭，而不是程岱雪！」

像他們……羅詠捷燒紅了臉，這種場合實在不適合啦！

「其實就是不那麼愛了！就是移情別戀，倒不必把性傾向放在中間談論當擋箭牌。」蘇皓靖不客氣的點破，「總之，妳不再愛程岱雪了，就這麼簡單。」

「我愛，我還是愛她！但她跟丁禮軍是截然不同的，我兩個都愛！」呂元婷喉頭緊窒的哽咽，「只是我選擇與丁禮軍共組家庭，而不是她！」

「妳這叫岱雪怎麼承受得住，妳明知她多渴望跟妳在一起，多早之前就在規劃婚禮？妳一句對不起，妳愛上別人了，就這樣把她捨下了？」戴恩璇冷冷抽著嘴角，打從心底為小雪抱不平。「婚戒還給妳了，妳看到了吧？」

婚戒……呂元婷這才想到什麼似的張開掌心，那枚戒指已經在她掌心刺出了鮮豔的紅血珠。

「我早該想到是妳們在搞鬼……這是詹雲芸放到我房間的對吧？在納骨塔的失蹤也是作戲？」呂元婷走到桌前，把戒指擱到照片前，凝視著照片時淚水依然泉湧不止。

「如果我說不是演戲呢？我們是安排好要引妳過來，至少在小雪的面前懺悔，但雲芸真的是……怪怪的。」戴恩璇邊說，一邊朝走廊那頭瞄去。「她打電話給我，叫我取回她、的婚紗……」

她、的婚紗？連薰予倒抽一口氣的偎進蘇皓靖懷中，他摟緊著她暗示不要慌張。

因為那個詹雲芸正捧著婚紗，用不平衡的腳步，一步、一步的走了過來。

「我不是才應該是新娘嗎？」詹雲芸悲淒的開口，羅詠捷驚訝的發現那不是她的聲音。「這件婚紗應該是屬於我的啊！」

背對著走廊的呂元婷顫了身子，緩緩的轉過頭，那個聲音是如此的熟悉……「岱雪？」

詹雲芸臉色發黑不說，整個人氣色就是陰沉不已，即使梨花帶雨，但連抬手的遲緩都讓連薰予知道有東西在她身上！

她捧起婚紗，可憐兮兮的走到呂元婷面前，呂元婷卻恐懼的後退，留意著走路內八拐腳的她。

「妳怎麼能這麼對我！怎麼能跟男人在一起，妳不是新娘，我才是啊！」她哭喊起來，「我們不是要一輩子在一起嗎？」

呂元婷收緊下顎的看著眼前的詹雲芸，她竟用岱雪的聲音說話，她再傻也知道是怎麼回事……是啊，岱雪討厭綠色，所以她厭惡的把雲芸的外套丟進金爐裡燒掉了嗎？

「為什麼自殺？為什麼！」呂元婷突然一秒暴怒，「我也跟妳說過，妳如果不想分手，我們還是可以在一起，妳一樣是我閨密，丁禮軍又不會起疑！」

啊咧？這樣對嗎？羅詠捷張大嘴想要評判，立即被蔣逸文摀住嘴，現在真的不是他們外人該插手的時候。

「我是唯一的，我應該要是唯一的！」詹雲芸歇斯底里的尖吼，「愛、婚禮、求婚什麼都是假的，妳就是背棄了我！」

「我想跟男人組家庭，我想要孩子，我想要孩子有父親有母親，妳給得起我嗎？」呂元婷說出了極傷人的話，「岱雪，我愛妳，但真沒那麼愛！」

怨念爆發，圍繞住詹雲芸的全身上下，甚至與那件婚紗交纏在一起，蘇皓靖驀地用力緊握了連薰予的手，他想起一件很糟糕的事。

「妳是不是說過……婚紗有問題？」附耳低語。

「對……對——天哪！」連薰予吃驚不已，「妳們多借兩天婚紗是為什麼？難道是給程岱雪穿嗎——」

幾乎就在同時，她知道了！

蘇皓靖立即回頭走向末間房間，連薰予跟上，果然……那陳設那裝潢還有梳妝鏡，每一個都清清楚楚與曾閃過腦海的影像重疊——穿著婚紗的程岱雪坐在床緣、在鏡頭前崩潰痛哭，一把又一把的吞嚥，地上還有著一個正在燃燒中的炭爐……剛剛的錄音是她真正的錄音，因為架在那兒的手機錄下她的絕望與悲傷。

蘇皓靖感受得更為強烈，藥物讓她難受，憤怒與痛苦外還有冰冷與後悔卻來不及的恐懼！

「她穿著那件婚紗自殺？」蘇皓靖不可思議的喊出，再回頭看向呂元婷。「妳穿的是死人的婚紗？」

什麼！連薰予狠狠倒抽口氣，這就是主因！

不是什麼穿脫兩次這麼簡單的禁忌而已——呂元婷穿上的是從死人身上脫下的婚紗！

第十一章

「呵……對這種惡劣的人，開個小玩笑罷了。」戴恩璇笑了起來，「岱雪是我跟詹雲芸的朋友，是我們介紹她們認識的——但元婷卻這樣對待她而不以為意！」

「我沒有不以為意！我說過我們可以繼續在一起的！」呂元婷不爽的上前使勁推了戴恩璇一把，「應該是妳們在岱雪身邊一直亂說話，才讓她絕望自殺的吧！」

哇、塞。羅詠捷用嘴型發出讚嘆，不知道大家有沒有覺得這態度跟言論有點似曾相識？她忍不住回頭看向了蘇皓靖，好像之前也聽過蘇先生這麼說過耶！

「妳看我的眼神有點差。」蘇皓靖沒好氣的唸著。

「你跟丁禮軍都會這樣說耶，是妳們自己要愛的，看不開我也沒辦法之類的。」羅詠捷哎呀了聲，「這算不算物以類聚啊？」

丁禮軍花心大少風流史很驚人，誰會知道呂元婷也是一掛的？果然是夫妻啊！

詹雲芸伸長頸子向前，笑得猙獰。「婷，我們結婚吧？」

「走開！」呂元婷終於對她的逼近感到不耐，一把撥開她。「妳為什麼要死？事情根本不必弄到這地步的！」

詹雲芸被推開後撞上了靈桌，撞倒自己的照片與蠟燭後再摔落在地，戴恩璇想上前又不太敢，因為……雲芸身上有那、個啊！

呂元婷絞著手回身，直接走向連薰予，那氣勢太強，嚇得她直想閃躲，多虧蘇皓靖一個箭步上前，為她擋住了。

「我穿上那種婚紗會怎麼樣？我會出什麼事？」呂元婷眼底閃著淚光，氣勢依舊逼人。「有什麼方式可以解決這一切嗎？」

「解決妳女朋友的怨念。」蘇皓靖說得乾脆俐落，其實他不想幫。

或許還有別的方法，但他覺得關鍵在於那位想當新娘的程岱雪身上……還有呂元婷，解鈴還須繫鈴人啊！

「她這樣執迷不悟我能怎麼辦？」呂元婷瘋狂的不停吼著，「我從不希望她死！不要逼我，程岱雪，妳不要逼我啊啊啊！」

穿上死人的婚紗啊，天哪……連薰予想到就不停發抖，拿出手機想傳簡訊問陸虹竹，應該有什麼辦法吧？

「喂，燒起來了啦！」蔣逸文留意到倒下的蠟燭燒到雜物，趕緊張望四周要找東西撲滅。

咦？呂元婷驚嚇回頭，戴恩璇直覺的拿起一旁的水潑去，轟然一聲直接燒得更旺！

「怎麼……」戴恩璇被嚇得退後撞上了牆。

熱氣頓時高漲，蘇皓靖當下感受到危險，推了羅詠捷他們就往外去。「走！快點！」才剛喊出來，屋內燈光陡然暗去，蔣逸文先是驚嚇止步，但只遲疑兩秒，就緊握著羅詠捷的手往前走……不過就是段長廊，還能走丟嗎？

刻意忽視兩旁房門可能衝出的什麼，拽著羅詠捷直往前衝，羅詠捷緊閉著眼嚇得魂都要飛了，為什麼燈突然暗了，旁邊會不會跑出什麼東西啊，哇哇哇——

「妳也快點走！」連薰予趨前拉過戴恩璇，但是她有點執著想找東西澆熄火勢。

「這麼小的火逃什麼？」戴恩璇說這番話時有點心虛，因為地上的火已經燒到桌邊了！

「這火滅不掉的！」連薰予一把抓住她的手腕，就往身邊拉。

「這只是小火……我去拿東西蓋住應該就可以了！」戴恩璇慌張的想找更多東西覆蓋火燄。

滅不掉的，蘇皓靖與連薰予都很清楚，這火根本不是人為！

「別管她了，我們再不走也來不及了。」蘇皓靖瞥了眼趴倒在地上的詹雲芸，「她就這樣昏過去了嗎？」

「昏過去了，得拉她出去！」連薰予甩開蘇皓靖，趁著火還沒燒到她還能拉出來！

不然等濃煙竄出就麻煩了。

「拜託妳快閃！」蘇皓靖不耐煩的拉著戴恩璇往外面推，「連薰予，妳讓開，我來！」

連薰予慌亂的朝旁踉蹌，戴恩璇卻嚇傻的無法動彈，看著火舌往上吞噬，她不明白，只是一根蠟燭而已啊！

彎身將詹雲芸拉起，蘇皓靖打算扛她出去，幸好這幾個女人都很纖細，要不然可折騰了！只是還沒扛上肩，那昏迷的女人卻醒了……直接由後勒住蘇皓靖的頸子，將他往桌邊的火裡拖！

「詹雲芸！」戴恩璇緊張的尖叫，「沒事的！沒事了，我們現在在岱雪家，要趕快離開！」

不是詹雲芸。

連薰予驚恐的瞠目，看著那使勁勒住蘇皓靖的女人，青光罩面，頸子上全是烏青般的顏色，她還是程岱雪！

「出去啊！」連薰予氣得使勁推走戴恩璇，「再不走連妳都走不了！」

「小薰！」羅詠捷的聲音自外面慌亂的傳來，他們已經打開大門了，為什麼沒人出現！

「全部出去！下樓！報警……咳咳……」煙變得更濃了，火勢似乎因為蔣逸文的開門而燃燒得更劇烈，世界漸漸陷入了黑暗，連薰予快要見不到蘇皓靖了！

「妳找……錯人了吧！」蘇皓靖咬著牙，幸好他剛剛及時用手擋住頸子，否則早就被這女人勒死！

『不能讓你……們活……』程岱雪的聲音幽幽的，『我才能跟她在一起……』

又來！最近每次遇到亡靈惡鬼，說的都是同一番話，再善良的亡者也會要拖他們往死裡去，都是跟「某個人」說好的！

「到底是跟誰約定的！」蘇皓靖一咬牙，突然抓住勒著他的手臂，直接使勁往牆上撞。

但是那是附身啊，哪能感覺痛？哪會知道鬆手？詹雲芸用盡全身氣力，打算把蘇皓靖的頸子勒斷！

被煙嗆得睜不開眼的連薰予咳著，姊送的平安符也沒有用嗎？耳邊傳來意外的消防車鳴笛聲，她二話不說的直接撲上前，撞上了蘇皓靖，還有在他身後猙獰的詹雲芸。

沒有時間遲疑，她直接吻上他。

在火場裡接吻應該是她做過最瘋狂的事了，灼熱難受，既愚蠢又瘋狂，但是除此之外，她已經想不到別的辦法了。

四唇不只相疊，她大膽的深吻他，這似乎是她第一次主動吻上蘇皓靖，溫柔繾綣，紫金光球再度在他們四周形成，即將把厲鬼震開！

『不——不可以！』詹雲芸瞬間鬆手，痛得尖叫。『你們必須死！不能在一起啊啊啊……』

一感受到頸間的手鬆開，蘇皓靖即刻抱著連薰予直線往前衝，方位他抓得很準，大不了只是撞到牆而已，再往左移個兩寸就摸到了走廊口。

火舌吞噬了後方，整間屋子已陷入伸手不見五指的黑暗當中，兩個人緊抱著彼此，伏低身子，跌跌撞撞的朝著應該是門口的方位去。

看不見沒關係，他們有的是直覺。

停！兩個人不約而同的停下，連薰予朝右邊一撞，雙雙準確的從大門口摔出去，兩雙腳互絆的跌坐在地，滾落在門前樓梯平台上。

「這邊兩個！」大手突地拉起了他們，蘇皓靖防備式的想推擋對方，仰首才發現是消防隊員。「沒事！先生，沒事了！」

混亂茫然，他們最終在羅詠捷的尖叫聲中被送下樓，呆然的往旁邊的空地挪動，由醫護檢查身體狀況。

「輕微嗆傷。」醫護人員快速檢查著，「男性手臂有輕微灼傷。」

連薰予仍舊上氣不接下氣，聽見腳步聲奔來。「雲芸呢？詹雲芸呢！」

正被包紮的蘇皓靖啞著聲，「去問妳的好閨密啊。」

附朋友的身又拖著朋友去死，到底是什麼東西，逼得這些亡者不惜犧牲這麼多也要拖他去死？

戴恩璇睜大淚眼，拚命搖著頭。「不可能！……雲芸！」

「水！再喝點水！」蔣逸文主動為蘇皓靖扭開水瓶，塞到他能動的左手裡。「真嚇死人了，只是倒了根蠟燭啊！」

「那個火……不正常對吧？」羅詠捷緊緊握著連薰予的雙手，淚眼汪汪。

連薰予點點頭，的確不正常，雖說星火燎原，但是第一時間能蓋能潑灑的都做了，火勢卻不減反增，那一開始就是亡者有意為之……讓她覺得膽戰心驚的是，程岱雪不是要燒死呂元婷，而是蘇皓靖或她！

你們不能在一起？這是什麼意思！

「多虧你們，消防車來得好快。」連薰予回握著羅詠捷，滿心感激。

「不……不是我們叫的，我跟蔣逸文才要打電話，就聽見消防車的聲音了。」羅詠捷抹著淚水，回眸看向蔣逸文。

「真的不是我們，我也一樣被這速度嚇到。」他邊說，一邊瞄著坐在蘇皓靖斜對面約兩公尺處的呂元婷。

在樓上時他們才開門，呂元婷就率先衝了出去，沒有一點遲疑。

所有人的視線都朝呂元婷那邊看去，她隻手拿著水瓶，同樣一臉驚魂未定，耳邊響著的是戴恩璇歇斯底里的呼喚聲，一遍遍叫著詹雲芸、詹雲芸。

留意到他們的眼神，她狐疑的回望著。

「不是她。」蘇皓靖突然直起背脊，「也不是她報的警。」

「咦？那是誰？」蔣逸文不解，「絕不可能是戴恩璇，她衝出來時哭得泣不成聲，整個人都慌了。」

是啊，連薰予跟著起了寒顫，那是誰？

※　※　※

如果不是知道屋子裡有誰，看著抬出來的那塊人形焦屍，也很難認得出是詹雲芸，扭曲的動作，焦炭的氣味，她的姿勢凍結在某個瞬間，不知道她在失去意識前是否有感覺，是否恢復了自己的意識？還是仍舊是那個哭喊著要當最美新娘的程代雪？

滿臉是灰的戴恩璇與呂元婷保持了距離，彼此都繃緊神經、臉色難看，兩人眼底雙雙蘊含怒氣，在在說明了她們這段閨密情大概也走到了終點；蘇皓靖打量著她們，有種山雨欲來風滿樓的感覺。

戴恩璇大方的傳了一段影片給羅詠捷，還沒點開，坐在她身邊的連薰予便心悸陣陣，心慌得揪了緊。

蘇皓靖只得跟她換位子，親暱的緊摟著她，他們不需要看影片，聽著聲音就行了。

那是程岱雪臨死前的直播錄影，穿的正是呂元婷那件婚紗，她哭著質問，訴說著她的心碎與不甘，如果今世無法成為呂元婷的新娘，只能等待來世；只是她耐性比較差，可能希望呂元婷立刻馬上就進入下一世。

也或許原本的程岱雪會就這樣死了，或許只會以亡魂之姿飄蕩在愛人身邊，但一連串細微的禁忌，最終給了這位亡者可乘之機——當然，還有背後某股不知名的力量相助。

婚紗重複穿已經很要不得了，呂元婷穿的還是死人穿過的婚紗啊！程岱雪不緊黏著她才怪。

連薰予這也明白，為什麼從婚宴上開始，就能見到呂元婷的裙襬上有一隻手死死抓著不放，原來打從呂元婷穿上起，程岱雪就不可能離開她了。

「讓她穿死人的婚紗，虧妳們想得出。」蘇皓靖倒是不客氣的看向對面的戴恩璇，「妳們這種閨密真令人不敢領教。」

「是她太過分！」戴恩璇冷冷的抹著未止的淚，「岱雪想不開前，拚命的打電話給她，也留了言，但元婷根本不在意，她甚至在雪自殺那晚嫌她煩乾脆刪她好友，所以也就沒看到她死前的錄影。」

所以剛剛呂元婷看見靈堂時才會詫異，原來她真的不知道前女友已身故。

「可是妳們……也沒阻止她啊。」蔣逸文淡淡的說道。

「我們不知道，她只跟呂元婷說她真的會去死，她活不下去。」戴恩璇說到這兒又是一陣哽咽，「她是用預約發送信件給我們的，說如果我們收到的話，她應該已經不在人世了……」

那晚，她較晚才閱讀信件，慌亂的打給詹雲芸時，雲芸說她已在屍體旁。

「婚紗是詹雲芸租借的，這不是刻意的嗎？」連薰予不太相信，但是看著戴恩璇又覺得她說的是真的。

「因為想要讓呂元婷穿非全新婚紗的心是真的，我們一開始就是這樣盤算，岱雪也一直說那件該是她的，她才是新娘，無論如何都想穿。」戴恩璇痛苦的閉起眼，「她要借穿一晚，要雲芸給她時間，說想拍照想錄影，但就是沒說她會自殺——雲芸在約好的時間去幫她拍照時，她已經死了。」

她趕到時，也只看到躺在床上已斷氣的程岱雪，穿著那身她夢寐以求的婚紗

她跟詹雲芸什麼都沒說的心照不宣，開始脫下程岱雪身上的婚紗，聯繫她的親人，報警，開死亡證明，送她進殯儀館，然後她們努力把婚紗上的氣味去除，要在一天後呂

元婷的婚禮上，讓它看起來嶄新明亮。

後來的事，就是一連串的災禍了。

這簡直是最可怕的禁忌，賓客們的厭惡、穿喪服鬧事撒冥紙、扇子或是屬虎都是小事了，那件亡者婚紗才是在婚禮當天造成災厄的原因之一。

簡單來說，程岱雪是纏定她了。

呂元婷遠在另一邊的桌上獨處，她既憤怒又傷心，不敢相信她的朋友們會這麼待她，而潛藏在心底的恐懼，也因為那場大火逐漸消失。

因為，婚紗好歹是燒掉了。

畢竟一開始方師父就是交代這句，婚紗必須燒掉！

賠就賠吧，不過是一件衣服，總比把命都賠掉好！已經賠上她父親與雲芸的兩條命了，程岱雪那混帳到底想怎樣？

她簡直識人不清，這時的她非常慶幸沒有選擇那女人。

「為什麼要害死詹雲芸？」羅詠捷其實不太理解這一點，「我以為她該針對的是負心人。」

「對於殺了人的厲鬼沒什麼好解釋的，她目標是呂元婷，其他都只是踏腳石。」蘇皓靖一點都不想探討，「我一夜沒睡，可以走了嗎？」

「我去問。」蔣逸文即刻起身去詢問。

原本只是失火意外，但裡面有具焦屍，加上在現場分別問話時，每個人的說詞兜不攏，因此只好全部帶回警局做筆錄了；究竟為什麼半夜會聚集在那兒、火災怎麼發生的？焦屍是誰？何以逃不出來？

蘇皓靖在入警車時刻意大方的說：「我們沒什麼好隱瞞的，實話實說，都是別人的情感糾葛，我們只是路過。」

連薰予連連點頭應和，這同時給其他人提示：不扯謊，全部照實說。所以他們連詹雲芸被附身的事都講得認真，警察也只是皺著眉頭聽，一一記錄；蘇皓靖倒是輕描淡寫，說那是朋友的朋友情感糾紛，他都不熟，女孩們爭吵間弄翻蠟燭，至於附身什麼的，他說不知道。

這是睜著眼睛說瞎話，但是他本來就擅長於此，不需要串供，連薰予自然知道他的用意與說詞，與他口徑一致。

最後似乎只能定調為意外，呂元婷的方向也是意外，她也不會說出對自己不利的話來，更何況，這一切關鍵本來就是在已經死了幾天的程岱雪身上，要怎麼查？

「麻煩各位了。」

警方送他們出去，跟之前方師父命案一樣，如果有狀況，警方會隨時聯繫他們到案說明。

眾人走下台階，戴恩璇轉身面向呂元婷。

「我們朋友就做到這裡了。」呂元婷率先開口，「我真沒想到妳們會這樣對我！」

「我們也沒想到妳會這樣對待程岱雪。」戴恩璇幽幽的說，「而且還完全不在乎，妳跟妳丈夫一樣，真的是物以類聚！」

「感情的事怎麼能勉強？難道我跟岱雪求婚了，我就必須跟她在一起嗎？即使我不愛她，愛的是丁禮軍？」呂元婷冷冷一笑，「說我自私，妳們每個人都一樣，全要我犧牲自己就是了！」

是啊……這也是連薰予在意的點。

呂元婷是跟程岱雪在一起過，所以如果她真的比較愛丁禮軍，就一定要娶程岱雪嗎？這樣的婚姻會幸福嗎？

「我們沒要求妳這樣，但妳在確定跟丁禮軍在一起時，是不是就好好分手？妳沒有！」戴恩璇咬著牙忿忿的說，「不要以為我們不知道妳的手法，妳故意不跟程岱雪斷得乾淨，態度刻意曖昧不明，就是想兩個都抓住！」

呂元婷深吸了一口氣，臉部微微抽搐，就是一臉被說中的模樣，畢竟她是在結婚前一週，才對岱雪開誠布公。

「這樣不對吧？」羅詠捷悶悶的問，「兩個都要是什麼意思？」

「兩個都喜歡，女性的那面喜歡丁禮軍，男性的那面喜歡程岱雪，享齊人之福。」

蔣逸文充滿不屑的輕笑，「我還真瞧不起妳，呂元婷。」

「我不需要你的瞧得起。」呂元婷用力深呼吸，高傲的昂起頭。「我現在要去探視我的丈夫了。」

呂元婷俐落旋身，淚水自眼角滑落，對於程岱雪她有著無盡惆悵，連薰予感覺得出來她還是愛著她的，只是她的愛有等級，丁禮軍在程岱雪之前。

戴恩璇也別開眼神，刻意與她往不同方向離去，朝向羅詠捷頷了首，忍不住鼻酸的說她也要去看詹雲芸了。

一星期失去兩個閨密，大家都能感受到她的悲傷。

「我們今天還要上班嗎？」羅詠捷行屍走肉般的來到連薰予身邊。

她搖了搖頭，「我今天應該上不了班。」

「累吧，還是要請假？」蔣逸文遲疑著，「我不請，我想拗一下，趕回去洗個澡換衣服。」

羅詠捷瞅著連薰予，再瞄向頻頻大打呵欠的蘇皓靖，狐疑的蹙起眉。

「妳說法好怪，什麼叫上不了班？是不去上班還是上不了班？」果然是朋友，羅詠捷一下就抓到了連薰予的語病。

她聳聳肩，累得朝隔壁男人的肩頭一躺。「你說呢？」

「我也覺得妳上不了班，對！羅詠捷，意思就是不得已的去不了……為什麼呢？」

蘇皓靖很認真的想感受些什麼，突然間從口袋裡拿出手機。「房子出事了嗎？」

「咦？」連薰予突然也感受到租下的那間屋子陽台，罩上層晦暗。

這是說不上來的感覺，也說不清，連薰予搖了搖頭。「不知道原因，但的確是房子。」

「唉，不管了！如果要上班我也得快點趕回去了！」羅詠捷其實精神超渙散，「事情告一段落了吧？呂元婷的親人會醒嗎？丁禮軍也會沒事嗎？」

蘇皓靖毫不猶豫的點了點頭，「沒事的，神主牌也沒事，我其實在醫院就沒感受到太嚴重的後續。」

「唉！好黑暗的婚禮。」蔣逸文再回身，已經看不見呂元婷的身影了。

「在她穿上那件婚紗開始，就已經回不了頭了。」連薰予幽幽的望向遠方。

「還賠上一個師父跟一個好友的命，好不值……」羅詠捷伸了伸懶腰，「我第一次這麼熱心幫忙一個婚禮耶！怎麼這麼衰啊！」

蘇皓靖白了她一眼，「妳是不是應該先慶幸沒被捲進去？」

所有婚禮的協助者只有算她沒事吧？羅詠捷一愣，好像真的是這樣喔？

「婚禮實習結束，要辦婚禮前，應該要先有對象吧？」連薰予調侃的笑著，若有所指的同時瞄向他們兩個。

羅詠捷又是抽氣又是紅臉的，尷尬的別開眼神，很想偷偷瞄向蔣逸文又不太敢；蔣逸文倒是大方多了，趁這個勢，大膽的握住羅詠捷的手，緊緊包握。

羅詠捷愣了一下，但什麼也沒說，只是嘴角掩不住的甜笑。

「嗯，那就這樣嘍！你們該回家的回家，該上班的去上班吧。」連薰予笑得甜美，這兩個人到底在撐什麼啊。

「嗯……幸好那件婚紗總算是燒掉了！」蔣逸文拉著羅詠捷的手，孩子氣的輕輕晃著。

喔耶，沒被甩開！

嗯？幾乎同一瞬間，連薰予覺得記憶中斷，她好像應該要記起什麼，蘇皓靖也蹙眉思忖，剛剛蔣逸文說的那句話，讓他覺得不太安心。

是什麼東西漏掉了，極度不祥的徵兆傳來，他緊握連薰予的手，感覺到了嗎？事情似乎還沒——

握在手上的手機突然震動，嚇得蘇皓靖差點滑掉手機，定神一瞧，臉色更加難看。是房東太太。

『喂，不好意思厚，那個房子不能租給你們了啦！就我兒子突然要結婚，我想送這棟給他啦！嘿！』

「房東太太，約已經簽了，錢我也匯了！」連薰予焦急的嚷著。

『哎喑，我退妳錢。再另外包一個紅包給妳好了。』房東太太很急著掛電話，『就這樣了啊，我等等就把錢退給妳。』

「不行！這事不是妳說了算，合約已經簽了！」蘇皓靖即刻接口，「我們現在就過去，請您在那邊等一下。」

『哎喑，何必……還過來呢？我跟你們說，就是——』

不等房東太太說完，蘇皓靖當即掛掉電話。

「我們有事先走了，兩位快點回去休息吧。」蘇皓靖禮貌的拉過連薰予，走沒兩步又回身。「去找阿瑋，問他附近哪間廟靈驗，去淨化一下。」

「噢。」蔣逸文跟羅詠捷反應不過來，愣愣的點點頭。

「果然上不了班啊……」羅詠捷看著他們招了計程車就走，很急呢！

朝身邊的男人看了一眼，兩個人笑容止不住，只是更用力的握著彼此的手；雖然彼此現在都有點狼狽，但心卻暖得很呢！這或許……是她幫助同事的回報呢。

駛離的計程車上，連薰予一顆心七上八下的慌。

「我快不能呼吸了。」她痛苦的皺眉，「不是房東太太的本意，一定有人從中作梗！」

「我在。」蘇皓靖直視著前方，大手握住她的手。

他在。

是啊，他在，她不必過度擔心，別忘了他們在一起是具有力量的，連薰予憂心的轉過頭，探看蘇皓靖頸間的勒痕，昨夜不管程岱雪如何想置他於死地，她還是用一個吻將之逼開了。

蘇皓靖勾起笑容，饒富興味的挑了挑眉。「妳技巧可以再加強一下！」

「噢！煩吶！」她羞紅了臉的朝他頸子打下去，「正經一點！我們要想的是到底為什麼會這樣？程岱雪針對我們真的太詭異了！」

「當然不是她。」蘇皓靖朝向窗外，眼神深遠。

那個亡靈只是被威脅利用罷了，寧願眼睜睜看著深愛深恨的呂元婷逃走，也要拖他一起下地獄嗎？

『你們不能在一起！』這句話他算是聽透徹了，第一次發現，原來要認真交個女朋友也不是那麼簡單的事嘛！

「你是不是知道什麼？」連薰予不太高興，「我看不清你。」

「暫時不必知道太多。」他回眸，油條的挑挑她的臉。「有時間思考這個，不如先想想等等怎麼應對房東太太，還有——」

還有？連薰予立即瞭然於胸。「我還有三星期。」

又是姊姊！要跟姊姊攤牌，關於她要搬出去的事。

很快抵達目的地，房東太太已經在樓下等候，一臉尷尬焦急的模樣，手上捏著一個紅包，看上去還不薄，有房東這麼慷慨的嗎？

「我不會拿的。」連薰予一見面就拒絕，「我不信妳的藉口，究竟為什麼不租給我了？」

「哎唷，連小姐妳不要為難我，真的不方便。」房東太太口吻近乎懇求，「我多包給妳兩個月的租金當賠禮，這樣妳可以拿去租下一間房子，都不虧對不對？」

「這也太大手筆了吧？妳寧願賠這麼多錢也不租給我們？」蘇皓靖打量著她，「是誰不讓妳出租給我們？」

「家務事，家務事。」房東太太急著想把紅包塞到連薰予手中，她死活不接。「別這樣啊，連小姐，妳不收我也不會租給妳的。」

「約已經簽了，這是可以報警的事。」蘇皓靖立即拿出手機撥號，「我們就請警察來說分明吧。」

「啊？別鬧啊！這麼點小事不需要叫警察吧！」

「說實話，房東太太。」連薰予驀地逼近她，握住了她拿著錢的手。「是誰不讓我租……還給妳這麼多錢，要賠給我？」

咦？房東太太吃驚的瞪圓雙眼。「妳、妳妳怎麼知道？」

對，錢不是房東太太出的，是某個人。

「妳交代清楚，我們就可以考慮不租。」蘇皓靖拋出了甜餌。

「唉，唉唷！」房東太太為難至極的模樣，「我也不願意，但是她就拿錢給我，叫我跟你們解約……我說真的……我就有把柄在她手上，那些做律師的喔，心都很黑啊！」

喝！連薰予顫了一下身子，律師？

「該不會，是個很漂亮的女人吧……」蘇皓靖覺得這幾個字都說得痛苦了，「還上過新聞？」

「啊？你們為什麼——唉唷，她說她很喜歡那間，無論如何要我讓，不然就要去舉報我逃漏稅啦！」房東太太都快跪下來了，「是個大美女，可是說話很可怕啊！」

連薰予腦袋一片空白，踉蹌的倒向蘇皓靖。「不可能，不會是姊……」

「陸虹竹？」蘇皓靖不拐彎，直接道出了名。

房東太太沒有回答，但那副瞠目結舌的模樣就已經道盡了一切。

是陸虹竹，她知道連薰予要搬出去，甚至連租哪間屋子都知道了！所以不惜一切過來阻撓——問題是，為什麼她會知道他們要租哪裡？

「妳有開定位嗎？」蘇皓靖第一時間想到的是這個。

「我沒有，我怎麼可能開那種東西！」連薰予心情說不出的複雜，「姊為什麼會知道我在這裡租房子？我們明明什麼都沒說啊！」

「她不只在妳茶裡下藥，她還跟蹤妳啊，連薰予！」蘇皓靖咬著牙，扣著她下巴往上抬。「妳看清楚了沒，這就是妳說的好姊姊！」

「對，她還是我姊！就算她做了這些，她終究沒傷害我！」連薰予難受得幾乎要尖叫，「我要親自去問她。我要回家！」

蘇皓靖冷冷的看著一時承受不住的她，眼尾瞟向房東太太，唰的抽起她手中的紅包。

「晚點再來跟妳算。」

「咦？」房東太太倒是喜出望外，「謝謝啊！謝謝！」

傻子，蘇皓靖輕哂，約沒毀根本什麼都不作數，這紅包不拿白不拿。

伸手再攔了車，這次先回昨夜的火災現場，還是取回自己的車才好四處奔波。

連薰予握著手機想傳些什麼訊息，最後決定打電話給陸虹竹，結果完全不通。

「到底為什麼！」她尖叫著，司機暗暗瞄了她一眼。

大掌覆在她背上，蘇皓靖知道此時無聲勝有聲，什麼都不宜說。

計程車載他們到昨晚火災現場，幸好這兒因為要都更，所剩的住戶不多，沒有造成太大損失。

程岱雪住的地方也只是租屋，可憐了房東，先是凶宅然後是火災，幸好也只燒掉那一間……這時，一道白晃晃的影子掠過。

「咦！」連薰予驀然抬頭，看向了燒毀的樓層，再立刻旋身看向附近的地面。

「不會吧！妳也想到了對吧！」蘇皓靖甩上車門，匆匆的衝到公寓樓下。

連薰予緊張的奔上前，兩個人慌亂的在四周左顧右盼，附近的車子少了好幾部，這裡車本來就不多，因為住戶所剩無幾，還有其他根本沒人居住，但是在某個角落，的確曾有白色的衣物。

「我們沒人看見戴恩璇下樓。」連薰予喃喃說著。

蘇皓靖回憶著昨晚的混亂，那被彈開撞上桌子而掉下去的詹雲芸……

她手上的婚紗呢？

雪白的婚紗染了黑灰，在黑暗中施施而行，連薰予彷彿看見了裙襬染滿鮮血，已經幾乎要漫開到整條裙子，豔麗得不可方物。

「我的天哪！」她雙手掩嘴，不可思議的與蘇皓靖四目相交。

婚紗真的有燒掉嗎？

※　　※　　※

鑰匙隨意扔上了鞋櫃，呂元婷已經覺得身體不再是自己的了！她去醫院探視丁禮軍，幸好他已轉醒沒有大礙，昏迷的親人們也脫離危險，甚至連丁禮軍的父親都度過了危險期。

呂元婷拖著步伐走向客廳與廚房間的架子，取下了那個與視線平行的照片，裡頭的程岱雪正親暱幸福的摟著她。

這是她認識的程岱雪嗎？這女人怎麼能如此狠心？她的父親、她的親人全都是她下的毒手！若不是昨晚那場大火燒盡一切，是不是她的親人們永遠不會醒，而她還要帶走多少人！

「妳怎麼能這樣對我？」呂元婷忿忿的拆掉相框，「妳怎麼能這樣對我！程岱雪！」

她憤恨的將相片撕碎，架子上只要有程岱雪的照片，她一張都不想留，既然已經逝去了，就讓它逝去吧！

不會回來的人，不再回頭的感情！

看著滿地的碎片，呂元婷連清掃的力氣都沒有，只是冷冷的瞪著碎片……終究，她們是不適合的。

「能與妳相戀一場，我不後悔；但現在我真慶幸沒跟妳走到最後。」呂元婷厭惡的別過了頭，完全不想再看那些照片。「從今天起，妳就徹底離開我的生命了。」

叩叩。

極輕微的聲音傳來，呂元婷錯愕的豎耳聆聽，聲音是從房間傳來的，她狐疑的朝房間那兒靠近。

叩叩……叩叩。

的確是從主臥室裡傳來的，那像是什麼東西輕叩在木門上的聲響，呂元婷緩步走近房裡，突然湧起一股不安……現在只有她一個人在家，她回來梳洗補眠，晚點再帶換洗衣物去看禮軍。

沒事了對吧？婚紗已經燒掉，程岱雪跟詹雲芸也不在了啊！

手心卻忍不住冒汗，步入房內後就再也沒了聲響，她不安的卡在門口，床上還保留著他們新婚之夜逃出時的模樣，短短數日她幾乎歷經了所有磨難。

叩叩。

咦？呂元婷再度看向衣櫃，聲音是從衣櫃裡傳來的，彷彿是衣架敲到櫃子的聲音。

定神一瞧，她才注意到櫃門似留有一絲縫隙，空氣與風的流動，間接使櫃子裡的空衣架傳來聲響。

「丁禮軍……我一定要交代他以後得把衣櫃關緊！」她碎唸著，也像是說服自己，大白天的這不是什麼靈異現象！

上前要把櫃子壓緊時，卻隱約見到露出的一小截白紗。

僅僅只是兩公分的小角，但看得呂元婷一陣心慌！

她有白色裙子嗎？她真不記得，裙子不多，蕾絲紗質的更少，比較起來她還是更愛中性的裝束。

站在對開的衣櫃門前，她遲疑再三，她沒有勇氣打開這扇衣櫃還真可笑，婚紗已經在大中燒盡了，程岱雪不管多不甘心事情也終告落幕，她的親人都已經平安，而她這輩子就是丁禮軍的妻子。

就是這樣！如果這是心魔，她就必須戰勝它！

做足心理準備，她用力的深吸一口氣，雙手一拽拉開了衣櫃——穿著婚紗的新娘驀地從衣櫃裡倒了下來，直接撞向了呂元婷，面紗因倒下而飛起，新娘的唇完美的吻上呂元婷的嘴，既僵硬且冰冷！

程岱雪！

沉重的屍體壓倒措手不及的呂元婷，空氣中彷彿瀰漫著燒焦的炭香，婚紗上的灰黑都代表了它曾在火場待過！

為什麼自殺的女人會穿著已經燒掉的婚紗，立在她的衣櫃裡！

「哇呀——」倒在地上的呂元婷終於意識過來，張口便是尖叫。「唔——」

吻著她的新娘突然自口中伸出了舌頭，直朝呂元婷的口裡鑽去，纏綿繾綣，卻冰冷徹骨！

……天哪！噁！好噁心！

呂元婷驚恐的劇烈掙扎，瞠大雙目的拚命想掙脫，但那新娘……程岱雪竟舉起了手，死死壓住她的肩膀！

這是個死人！為什麼一個死人會——剎。

原本劇烈掙扎的呂元婷突然停止了動作，雙耳裡緩緩的滲出了鮮血，新娘子睜開眼，露出滿足幸福的笑容，望著她的愛人，嘴裡的舌仍在蔓延。

她要繾綣，她的舌、她的腦、她的心，她全部……都只能是她的。

約好的喔，她將是最美最美的新娘。

樓下信箱前的戴恩璇揮汗如雨，將自詹雲芸那兒拿到的備用鑰匙扔進了信箱裡。

「希望妳們幸福。」

尾聲

趕回家的連薰予拒絕讓蘇皓靖上樓，她該獨自面對姊姊，姊姊不僅在她茶裡下藥、意圖管控她的通訊，現在甚至知道她打算搬出去住而阻撓，可以從中作梗到這種地步，也是逼她攤牌了。

她愛著姊姊的心沒有變過，她只是想知道為什麼！

但是陸虹竹不在家裡，回家路上也聯絡不到，確定她沒有在法院或是律師事務所，連薰予想著姊姊應該在家裡等她。

「應該」的想法多麼令人無力，明明擁有強大的第六感，卻完全無法用來判斷姊姊在哪裡，會做些什麼……蘇皓靖說的她都知道，感應不到姊姊，本來就不正常。

餐桌上，她的杯子壓著一張紙條，剛正的字跡是姊親筆所寫，上面只有一個地址。

拿著紙張下樓，透過陽光就能看到紙張上的浮水印，類似以毛筆畫了一個圈，中間包著「祈」字，正是之前他們完全找不到的「祈和宮」。

姊說喜歡拜拜、買法器，法器中那些少數有效的法器，就有部分出自這間廟，名字與地址完全尋不到，用導航也只能走到荒地。

「妳在那裡等我。」這件事不必直覺，連薰予也明白。

「走吧。」完全不想拖沓，蘇皓靖轉身就上了車。

連薰予深吸了一口氣，讓自己冷靜下來，原本進門後跟陸虹竹攤牌的勇氣，因為沒見到人只看到字條而開始洩氣。

但沒關係，她有蘇皓靖，他陪著她。

地址意外的是在市內，並不是什麼荒山野嶺，但是在城市的另一頭，他們鮮少去的活動範圍。

手機無聲的亮起，連薰予顫了一下身子，不必看她就知道是羅詠捷。

「咦？」她手指突然泛冷，一陣心悸。「呂元婷？」

「她應得的。」蘇皓靖專注的望著前方，他已經知道發生什麼事了。

事實上在離開警局時，他們兩個都曾有一瞬間的心慌，但卻無法感覺到確切會發生的事，爾後知道婚紗沒有被燒毀時，他就已經瞭然於胸了。

「戴恩璇嗎？」連薰予將手機扔進前置物箱裡，現在沒心情跟她講電話。

「只是為逝者爭取一個承諾的兌現，妳不是也知道嗎？這註定是場染血的婚禮。」

蘇皓靖嘴角揚起冷笑，「無論如何，結婚是必然的。」

連薰予難受的嘆息，她看見的是緊抓住裙襬的手，死都不放棄那件婚紗、不放棄成為新娘的女孩；她原本以為那是丁禮軍的情人之一，為了想把呂元婷除掉不擇手段……蘇皓靖那時就意會到了嗎？

那隻手是想要一寸一寸爬到呂元婷身上，緊緊擁住她，死也不分開。

換蘇皓靖架上的手機響起，連薰予本想湊前為他按下靜音，指尖卻頓了住。「要接？」

直覺這通電話非接不可。

蘇皓靖一個字都不必吭，連薰予知道他的想法，所以她按下了接聽與擴音。

「蘇皓靖，請講。」

『蘇先生，我找到了你要的東西了，但有點怪耶！你說的那場車禍啊，當時那對父母當場死亡，報導上說後座的孩子沒事，然後……就沒有然後了。』

「什麼意思？」

『我找不到誰帶那個女孩離開的，她父母的親戚好像不聞不問似的，那對夫妻的遺體沒有人領也沒人作法事，還是時間到了由醫院統一處理的，女孩沒人照顧，她本來是待在醫院的，但是她就這樣不見了，也沒人知道去了哪裡。』

蘇皓靖凝重的抽口氣，「好的，我知道了，那福利機構那一邊……」

『那邊完全不給調查，口風很緊，說領養關係是不能透露的，我現在連到那座山腳下，都會被以管制之由不能上去。』

「我知道了，謝謝，晚點跟你聯繫。」

掛掉電話，蘇皓靖用眼尾偷偷瞥了默不作聲的連薰予，她臉色蒼白的兩眼發直，呼吸漸漸變得急促起來。

騰出手握住她，連薰予指尖泛冷。

她在車上！就坐在後面安全座椅上，臉孔已模糊的母親回頭對著她笑，伸長手遞給她小餅乾。

父親同時也回頭，那是兩張慈愛的臉孔，眼底盈滿了愛意。

巨響傳來，鮮血飛濺……那不是意外！連薰予緊緊反握住蘇皓靖的手，她知道，她該知道的！

她為什麼會被領養？她沒有任何被委託到相關機構的資料吧？她是個失蹤的女孩，她的父母連認屍處理後事的親人都沒有？這樣的話，哪個社工把她帶走的？為什麼沒有紀錄？

但曾有個機構沒錯，她在裡面待過，有很多小孩子……記憶實在太模糊了。

蘇皓靖拉過她的手打了檔，車子已經停下，令人噁心的是那個車位前立了牌子，還寫著他的車號。

「哼！」看來陸姐很貼心嘛。

這裡不是什麼荒郊野外，而是一棟高聳的辦公大樓，這一帶屬新開發區，地都很大，所以這棟大樓前的腹地甚廣，還有花園跟噴水池，一樓就有五個臨停車位，看看有多寬敞。

連薰予直視著前方，收緊的下顎微顫。

「你知道了嗎？」

「藉由妳的直覺知道了。」他撫上她的臉頰。

「都是假的，都是假的！」她在車裡低吼著，「那不是意外，車禍削去了前座，卻剛好閃掉了我的座椅？」

「答案不在這裡。」蘇皓靖沉著聲，趨前親吻了她的額。

對，答案不在這裡。

連薰予迅速抹去在眼眶裡積累的淚，毅然決然的下了車，蘇皓靖自是緊緊相隨，他能感應連薰予所感應的一切，他們在一起時的力量最大，但他仍是更勝一籌。

例如，第六感在很早之前就告訴他，她從未經過什麼領養，她是直接被抱走的！那場車禍也是設計過的，所以他才找人協助調查。

氣憤支撐了連薰予的脆弱，她現在只想知道為什麼！

邁開步伐朝著黑色自動門走去，未到門前便自動開啟，連薰予卻突然止步。她看著敞開的門，裡頭是光可鑑人的大理石地板，狹窄的視線望去空無一物，想感受些什麼，第六感卻失靈似的無法告訴她。

蘇皓靖打量著周遭，其實在駛進附近十公里時，他的世界就靜下來了。沒有直覺，沒有第六感，沒有一直令人心驚肉跳的影像或聲音闖入，更沒有會敲著他車窗的殘敗亡者。

這裡面有什麼，會發生什麼事，他們就得跟普通人一樣去面對。

連薰予逕自握了握手，難掩緊張的朝右瞥了他一眼。

突然一步上前，踮起腳尖撫上他的臉頰，送上一吻！

哇喔，蘇皓靖有點訝異，不正經的笑了起來。

「幸好有你在。」她柔聲說著，泛起笑容。「我從來沒想過，會有一個人能陪我。」

除了「家人」之外，她沒想過自己有能進入感情的一天，能認識一個知她懂她且不排拒她的人。

所以她，沒什麼好怕的了。

用力深呼吸，做足了心理準備，連薰予昂首闊步的踏入建築，鞋子在大理石地上敲出極清脆的聲響；門開在右角，步入後朝左看便是寬廣的一樓挑高大廳，內裝是滿滿的木紋牆壁，中嵌巨大的落地玻璃，自外迎進明亮的光線，與地板那黑白方格交錯的大理石相輝映。

角落站著兩個男人，看上去都是上了年紀的叔叔，身著簡單的體育服，但她知道他們絕對不簡單。

而那與她相距五公尺遠的斜對角處，婀娜的站著她這輩子最熟悉的人，一樣的一派輕鬆，嘴角挑著如常的自在笑容。

陸虹竹一身鮮紅裙裝，細跟高跟鞋穩穩的踏著每一步，朝她走來。

「嗨，我最重要的妹妹。」

「姊姊。」

The End

後記

好啦好啦！我知道你們在意的就只有陸姐啦！

千呼萬喚始出來了吧？如果你是認真看完小說，才看後記的人，心裡一定犯嘀咕：既然知道望穿秋水，為什麼最後最後會是這樣？

別急嘛！這系列是《禁忌錄》，我們聊的是禁忌，不是陸姐傳啊！更何況身為一個正妹，太快讓你們瞭解也是不好的，總要有點神秘面紗，才更顯美麗是吧？

是滴，暌違近一年，《禁忌錄》新一集終於現身了！我明白很多人等得很辛苦，回頭看去也不太清楚怎麼會拖成這樣，可能交到了壞朋友（？），其實是想做的事太多了，所以便一直從寫作上分心了。

今年，二〇一九，是我邁向寫作之路的第二十年，真的是很可怕的數字，二十哪！就是在某間公司工作二十年的概念，只是我是自由業，不屬於任何公司。

一九九九年的十月某天下午，我意外的在BBS（就是PTT的系統）上練習發文，一邊艱辛的查看發文方式、一邊敲下鍵盤的我，大概永遠想不到二十年後，我居然會以寫作為職——只是因為一個「想學習如何發文」的舉動，而進入了寫作這行，一改我原本的人生方向，行走至今。

雖然二十年了，但我本來就是個不定性的人，喜歡學東西，對什麼都有興趣，耐性卻不夠，硬要說的話某方面而言寫作這個職業相當適合我，例如時間自由、彈性、沒有老闆、想寫就寫、無拘無束，工作時間又不長，還可以隨時變化。

我承認我很愛玩，所以最近心很不定，除了一直增加的旅遊外，就是想學新東西、交新朋友，不停的拓展新的社交圈，都讓我樂此不疲……而且也開始想寫新的、不一樣的東西了，或許這也是最近比較疲軟的原因。

不過呢，如果追蹤我已久的人都知道，我不斷頭的，放心好了，我只是比較容易分心，但還是會把故事好好寫完的。雖然我滿腦子已經在想未來的企劃，例如《禁忌錄》後的新 plan，還有很多很多新玩意兒。

《禁忌錄》慢慢走向尾聲，舊書重新出版也終於來到《異遊鬼簿》系列了，很多事都是一眨眼，一眨眼過去二十年，一眨眼寫鬼也超過十年了，這條路還有很多有趣的東西可以嘗試，當然絕對是因為你們的支持，我才有機會嘗試。

Well，我知道你們還是滿心想著陸姐的事，主軸是禁忌嘛，我們回來一下。本集主軸是「嫁娶」，結婚的禁忌真是多到吐血，而且事實上有意義的實在不多；說實話，從訂婚開始的一堆規矩，從婚前折磨新人到婚宴當天結束，所謂的那堆禁忌，不過是無稽之談。做得再仔細，也敵不過超過百分之五十的離婚率不是嗎？

到底真正的禁忌是什麼呢？婚姻應該是責任、忠誠，互敬互愛吧！

我認識的許多人都很乾脆的登記而已，許多連婚宴都沒設，兩個人的事簡單就好……我知道很多人都會說是兩家人的事，這真的錯誤！從頭到尾本來就只是兩個人的事，所謂兩家人的說法都是情緒勒索與傳統洗腦的結果，只要自己的心志夠強就會明白。

畢竟再大的排場，避開再多的禁忌，也不能保證婚姻的幸福。

《禁忌錄》逼近尾聲，許多真相呼之欲出，我現在只希望下一本不是一年後了（笑）。

最後，由衷感謝購買本書的您，購書是對作者最直接的支持，因為您的支持，我才能繼續寫下去，謝謝您！

笭菁

嫁娶

禁忌錄

等菁 作品36

國家圖書館出版品預行編目資料

禁忌錄：嫁娶 / 等菁作. -- 初版 -- 臺北市：
春天出版國際, 2019.09
面； 公分
ISBN 978-957-741-233-1 (平裝)

863.57　　　　108014507

ISBN 978-957-741-233-1
Printed in Taiwan

作者	等菁
封面繪圖	Fori
美術設計	三石設計
總編輯	莊宜勳
主編	鍾靈
編輯	黃郁潔
出版者	春天出版國際文化有限公司
地址	台北市信義區信義路四段458號3樓
電話	02-7718-0898
傳真	02-7718-2388
E-mail	frank.spring@msa.hinet.net
網址	http://www.bookspring.com.tw
部落格	http://blog.pixnet.net/bookspring
郵政帳號	19705538
戶名	春天出版國際文化有限公司
法律顧問	蕭顯忠律師事務所
出版日期	二〇一九年九月初版
定價	229元
總經銷	楨德圖書事業有限公司
地址	新北市新店區寶興路45巷6弄6號5樓
電話	02-8919-3186
傳真	02-8914-5524